가까운 사람들과 편하게 지내는 법

가까운 사람들과
편하게 지내는 법

부부관계를 중심으로 한 인간관계의 법칙

임상심리전문가

김선희

지음

나무생각 ✿ 힐링

들어가며

부부에 대한 책을 쓴다는 건 무척이나 난감하고 두려운 일이다. 부부란 참으로 특이하다 못해 이상한 관계이며 들여다볼수록 오히려 알수 없기 때문이다. 여러 부부들을 만나면서 부부관계는 참으로 우물과 같다는 생각을 하게 되었다. 그렇기에 부부들을 만날 때마다 늘 새롭고 여전히 신기하다. 부부에 관해 말할 때도 점점 더 조심스러워진다. 게다가 부부에 관한 글을 써야 할 때면 이내 두려움과 멈칫거림이내 앞에 드리워진다. 내가 부부에 대해, 남녀에 대해 무엇인가 제대로 알고 있기는 한 것인가? 한 해 한 해 갈수록 이러한 고민은 더해간다.

나는 어릴 때부터 '부부'에 관심이 많았다. 부부라는 관계가 지니는 의미는 무엇일까? 수십 년간 내 삶에 깊이 자리한 나의 부모님은 내가 만난 첫 부부이자 첫 남편과 아내였다. 어린 내 눈에 비친 부부, 결혼이라는 것은 매우 독특하고도 특별한 인간관계이면서 그 이상의 의미가 담겨 있는 듯했다. 성장하면서 나는 남녀에 대해, 사랑에 대해,

이별에 대해, 그리고 '사랑과 증오(love and hate)의 통합과 화해'에 대해 깊이 생각하게 되었다. 이 세상 모든 관계의 핵심에는 '남녀'가 있다. 그 남녀가 현실적으로는 부부로 종착되겠지만, 그것은 끝이 아닌 또 다른 시작이며 부부 그 자체가 바로 '삶의 과정'이다. 부부는 '고귀한 생명'까지 잉태하니 말이다. 그렇게 남녀는 부부로, 가족으로 진화를 거듭한다.

사람은 사람과 함께 진화한다. 특히 가까운 사람들과 함께 진화한다. 물론 도태되기도 한다. 이렇듯 가까운 사람들과의 관계가 우리 삶의 질(quality)을 결정하는 핵심인자다. 그중에서도 부부로 만나 맺은 관계가 가장 깊고 특별한 관계가 아닐까 싶다. 부부 안에는 그야말로 희로애락과 생로병사가 고스란히 녹아 있다. 부부 사이가 만족스러우면 이 세상은 살맛나는 곳이 된다. 상대가 나에게 아픔을 주었던 과거도 용서라는 새로운 교훈을 가르쳐준 시간으로 변모하고, 현실의 고단함과 난관을 이겨내는 힘이 생겨나며, 불확실한 미래도 마냥 두렵지만은 않다. 배우자와 '함께한다'는 사실과 믿음이 안정감을 주기 때문이다. 그러나 부부 사이가 불행하다고 느껴지면 이 세상은 이내 괴로움과 불신이 가득한 곳이 되어버린다. 과거의 불행은 점점 더 짙게 머릿속을 점령하며, 현실은 그저 접어버리고 싶은 것에 불과하고, 다가올 미래는 어둡기만 하다. 타인에 대해서도 점점 예민해지고 미움이 쌓여간다. 그만큼 부부관계는 우리가 바라보고 체험하는 삶과 세상의 모양을 이리저리 빚어내는 깊고 강한 힘을 갖고 있다는 걸 부인할 수 없다. 부부 사이가 좋건 나쁘건 배우자가 병에 걸리면 돌보는 사람은 배우자이며 아무리 긴 세월 사이좋게 해로한다 해도 두 사람 중 한 사람이 세상을 먼저 뜨면 결국 한 사람만 홀로 남겨진다. 부부는 그렇게 모든 '인생테마'를 고스란히 담아낸다.

배우자로 인해, 뜻대로 되지 않는 남녀관계로 인해, 가까운 사람들과의 갈등과 마찰로 인해, 그리고 자기 자신으로 인해 힘겨운 시간을 보내는 이들이 조금이라도 덜 힘겹게 살아나갈 수 있는, 그래서 좀 더 평안한 현실을 영위할 수 있는 해결과 치유의 '단초'가 이 책 어디엔가 있다면, 나는 더 이상 바랄 게 없다. 이것이 내가 오랜 시간의 망설임 끝에 책을 내기로 결심한 근본적인 동기이자, 글을 쓰는 긴 시간을 견뎌내게 한 망망대해의 등대와도 같은, 폭풍이 몰아치는 밤 세인트 엘모의 불(St. Elmo's Fire)과도 같은 빛이었다. 그리고 그 빛 이면에는 부부들이 고통을 감내하며 진정성을 담아 나에게 들려준 수많은 이야기들이 숨 쉬고 있다.

나에게 심리학은 애인과 같은 대상이다. 그런 심리학을 기반으로 임상가로, 부부치료자로 활동할 수 있음에 정말 감사드린다. 나는 임상장면에서 삶과 사랑의 의미, 부부의 오묘함, 관계의 신비로움에 대해 새로 배우고 또 그 배움을 통해 나의 능력을 키우고 있다. 나에게 주어진 부부치료자라는 남다른 기회와 역할 속에서 오늘도 간간히 '심리적 유토피아'를 꿈꾸며 나 자신을 격려하고 미소 짓는다. 그래서 베토벤은 "인생은 천 번을 살아도 좋을 만큼 아름답다"고 한 것인지도 모르겠다. 값진 현실 속에서 꿈도 꿀 수 있으니 말이다.

어떤 기회가 주어져 감사함이란 감정을 공식적으로 활짝 표현해도 좋은 때가 생긴다는 건 참으로 '감사한' 일이다. 정말로 커다란 행운이지 싶다. 더군다나 늘 내 곁에 있어 공기와 같은 존재가 되어버린 가까운 사람들에 대한 감사함일 경우 더욱 그러하다. 가장 가까운 곳에서 부부와 사랑의 의미를 보여주는 남편, 그리고 나의 영원한 '뮤즈'인 사랑스런 딸에게 깊은 감사와 사랑을 전한다. 얼마 전 참으로 덤덤히 결혼 45주년을 맞으신, 아직도 자식 밖에 모르시는, 사랑하는 아빠, 엄마께 이 책을 드립니다.

2011년 11월
노란 은행잎이 무던히도 쏟아져 내리는 늦가을 어느 날
김 선 희

차례

1
누가 누굴 지적해?

> 결혼생활에 기적이란 있을 수 없다.
> 다만 행복하기 위해 노력할 따름이다.
> ― 로렌스 구울드

남남이지만 누가 뭐라던 간에 가장 가까운 사이인 부부. 수 많은 부부들은 클리닉에 찾아와 공통적으로 다음과 같은 소망을 피력한다. "내 배우자의 성격이 전면적으로 변하게 해주세요." 어떤 남편은 "아내의 성격을 변화시켜 아내가 '갱생의 길'을 가게 해주세요"라고 말하기도 한다. 그런 부부들은 부부싸움을 하면서 배우자에게 "성격 좀 고쳐라"라는 말도 거침없이 내뱉는다. 배우자와 마찰을 겪을 때, 상대방의 성격을 통째로 싸잡아서 지적하며 공격하는 것이다. 배우자의 성격을 비난하는 것은 배우자의 존재에 대한 비난과 다름없다. 따라서 비난을 받는 사람의 마음에는 내상이 입혀질 수밖에 없고 이는 곧바로 분노로 이어진다. 과연 성격, 고쳐야만 할까? 배우자의 성격에 대한 비난, 어떻게 하여야 하는가?

받아들이면서 가자

성격이란 것은 비교적 변하기 쉬운 유연한 부분도 있지만, 결코 변하기 어려운 고정된 부분도 있다. 배우자의 성격 중 변할 수 없는 부분이라면 과감히 받아들이거나 이해하려고 노력하는 게 현명하다. 그래도 배우자의 성격 중 변화되었으면 좋겠다고 생각하는 부분이 있다면 그 내용을 있는 그대로 구체적으로 이야기하되 변화되길 원하는 '행동' 위주로 이야기를 풀어가는 것이 좋다. 배우자에게 내가 원하는 것을 부드럽게 부탁하며 함께 의논한다는 태도를 유지하는 것, 그리고 왜 이런 요청을 하게 되었는지 내 '심정'을 진솔하게 말하는 것이 중요하다. 그렇게 행동할 수밖에 없는, 그런 성격이 자리 잡을 수밖에 없었던 배우자의 마음을 헤아려보고 어루만져주는 것도 잊지 마라. 부부라는 관계도 여느 대인관계처럼 성격의 문제로 부딪칠 수밖에 없다는 것을 인정해야한다. 조금이라도 덜 부딪치도록 서로 이해하고 배려하면서 살아가는 노력을 기울이는 것이 중요하다.

나부터 달라져보자

이 세상에 한결같이 나쁜 성격, 기필코 모두 뜯어고쳐야하는 성격의 소유자는 생각보다 드물다. 좋은 성격, 나쁜 성격이라는 흑백논리를 앞세워 배우자를 섣불리 판단하거나 비난하는 것은 어리석은 일이다. 대신 배우자 성격의 장점 그리고 나보다 나은 점이 무엇인지 진심으로 살펴보고 관심을 가져보자. 분명히 있기 마련이다. 배우자의 장점을 적극적으로 보기 시작하면 그동안 놓쳐왔던 배우자의 새로운 면모가 보일 것이고 부부 사이에도 의미 있는 변화가 오게 된다. 하지만 정말로 잊지 말아야 할 것은 나의 성품과 내 성격의 성숙도에 대한 자가 점검이다. 내 앞가림이 먼저라는 사실을 잊지 말아야 한다. 내가 달라지면 더 많은 것이 달라질 수 있다.

2
투사죄

'배우자가 결혼 전과 달라졌다, 변했다, 내가 속았다', 이는 부부들에게서 흔히 들을 수 있는 말이다. 정말 배우자가 심하게 달라졌거나 결혼 전에 나를 의도적으로 속인 걸까? 대개의 경우 답은 '아니다'이다. 오히려 나 자신의 사람 보는 눈을 되돌아보아야 한다. 다음의 사항을 생각해 보자.

1. 결혼 전 배우자의 열성적인 구애 활동을 실제 성격으로 착각했다.
2. 상대방에 대해 과도하게 촉각을 곤두세우고 별로 중요하지 않은 부분까지 지나치게 상세히 보느라 정작 중요한 큰 그림을 놓쳤다.
3. 상대방의 성격 중 분명한 문제점들의 신호를 간과하거나 너무 가벼이 여겨 무시했다.

결혼 후 성격이 180도 달라지거나, 전에 없던 성격이 새롭게 만들어지는 사람은 흔치 않다. 정말 상대방이 변했다기보다는 과거 나의 판단에 허점이 있었거나, 결혼 후 나의 욕구와 기대가 달라졌을 가능성이 더 크다. 더불어, 두 사람의 현실이 연인 관계에서 가족 관계로 변화되었다는 것도 중요한 부분이다. 우리는 결혼이라는 관계를 생각할 때 그리고 배우자를 바라볼 때 이러한 점들을 총체적으로 인지할 필요가 있다. 부부 간에 마찰이 벌어졌을 때 '배우자가 변했다, 내가 속았다'라며 모든 책임을 배우자에게 지우는 것은 참으로 어리석은 일이다. 결코 그 어디에도 도움이 되지 않는다. 결혼에 대한 환상이 무너진 것, 사랑에 대한 착각이 깨진 것 그리고 배우자와의 갈등 속에서 빚어진 분노와 실망을 무조건 배우자 탓으로 돌려버리지 말자. 그건 투사죄다.

3
당신은 일치강박증?

결혼 제도에는 '부부는 하나'라는 신화가 존재한다. 사랑하는 사람과 하나가 되고자 하는 열망은 인간의 본능이다. 하지만 이러한 욕망에 사로잡히거나 일치강박증이 생기게 되면 사소한 차이에도 불안을 느끼며 상대방과 자신이 맞지 않는다고 단정하기 쉽다. 실제로 많은 부부들이 "우리는 사소한 것 때문에 싸운다"고 호소하는데, 사소한 것으로 싸우는 마음 이면에는 일치강박증이 강하게 잠재되어 있는 경우가 많다. 일치강박증이 있는 사람들은 상대와의 사소한 이견과 차이를 발견하는 순간, 이를 이해하고 받아들이지 못하고 오히려 지나치게 신경을 쓰고 불만을 표출하게 된다.

남녀 간의 사랑이 한창 꽃피는 관계 초반에는 '우리는 하나'라는 느낌이 두 사람에게 날아오를 듯한 행복감을 선사한다. 마치 헤어졌다 다시 만난 쌍둥이처럼 공생의 기쁨이 두 사람을 지배한다. 하지만 같은 이유로 이들에게 큰 충격의 순간이 찾아온다. 바로 첫 싸움이다. 이때 '우리는 하나'라는 공생의 기쁨이 마치 유리그릇이 깨지듯 산산조각나고 만다. '우리가 하나가 아니라는' 진실에 갑자기 직면하게 된

두 사람은 그때부터 장미의 전쟁을 시작한다.

　가장 가까운 관계에서 일어나는 장미의 전쟁은 식성, 잠자는 습관, TV 채널 주도권, 가사 분담, 여가 활동, 친구 관계에서부터 집안 대소사, 자녀교육, 경제 문제와 같은 중요한 영역에 이르기까지 곳곳에서 발생한다. 장미의 전쟁은 처음부터 크고 심각한 문제로 시작되는 것만은 결코 아니다. 일치강박증에서 비롯된 소소한 싸움은 한 번의 싸움 자체로는 별 것 아닌 것처럼 느껴지지만 사소한 싸움이 계속 반복되다 보면 점점 격렬해지기 마련이고, 자칫 '장미의 전쟁'이 아닌 진짜 '전쟁'이 될 수 있다. 따라서 그렇게 되지 않으려면 일상적이고 사소한 일들을 감정적으로 처리하지 않고 넘겨버리는 자세를 견지하는 것도 현명한 방법이다.

4
내가 틀린 것일 수 있다

너는 그르고 나는 옳다고 말하는 것은
사람이 사람에게 할 수 있는 말 중에서 가장 잔인한 말이다.
— 톨스토이

내 기억에 오류가 많을 수 있다는 것, 내 판단력에 허점이 많을 수 있다는 것, 나의 추리력이 의외로 어설플 수 있다는 것, 내 사고 방식이 종종 어리석을 수도 있다는 것, 나의 분석에도 참으로 결점이 많다는 것, 내 주장이 의외로 미숙한 욕구에서 출발한다는 것, 내 행동의 앞뒤가 맞지 않을 수 있다는 것, 내가 지혜라 생각하는 것들이 지혜가 아닐 수도 있다는 것, 내 삶에도 모순이 수두룩하다는 것. 이러한 것들을 인정할 수 있는가?

이러한 가능성들을 인정하면 대인관계 갈등, 부부싸움 중 절반은 족히 줄어든다. 갈등의 첨예화, 싸움의 격화는 상당 부분 내가 내 '의(義)'를 내세우기 때문이다. 오류, 한계와 모순을 인정하는 것은 인간의 불완전함을 받아들이는 겸손함의 발로다. 인간 자체가 허술한 존재인데 나만 완벽하다, 내가 맞다 외치지 말자. 배우자가 아닌 내가 틀린 것일 수 있다. 이러한 인식이야말로 개선을 향한 첫걸음이다.

5
착하고 부드럽게 화내는 법

화가 났을 때 브레이크 잡는 것을 잊지 마라

화가 났다고 상대방을 과도하게 공격한다든지, 내 자존심이 상해서 화를 내는 것은 '나쁜 화'의 대표적인 예다. 아무리 화가 나더라도 결코 상대방 존재에 대한 공격, 상대방의 결정적인 타격점을 건드려서는 안 된다. 화가 솟아오르고 번져나가는 순간에 절제와 조절, 멈춤이라는 마음 속 '브레이크'를 밟지 않으면, 화는 이내 엄청난 속도로 질주하며 공격의 화살이 되어 상대방의 마음에 깊은 상처를 입힌다. 화가 나는 것, 화를 내는 것은 죄가 아니지만 이로 인해 상대의 마음에 상처를 입히는 것은 죄가 된다. 무작정 감정에 따라 화를 내버리지 말고 '이러저러하여 화가 났다'라고 천천히 설명하며 화의 진행 속도를 늦추는 것도 화를 다루는 한 가지 방법이다. 순간적으로 화를 쏟아내지 말고 심호흡을 하며 단 몇 초라도 벌어라.

사람을 공격하지 말고 문제를 공격하라

화를 낼 때 상대방을 공격하며 상대방 자체를 문제 삼는 경우가 많다. 이것은 나쁜 화다. 사람이 아닌 부딪치게 된 문제, 사안, 상황에 초점을 맞추어 이야기를 풀어가자. 더불어 화의 타깃이 정확한지 확인하라. 시어머니에게 화가 나는데 남편에게 화를 내고 있는 건 아닌지, 남편 때문에 화가 나는데 아이한테 화를 내고 있는 건 아닌지 자문해 보자.

분풀이가 아니라 문제 해결을 위한 싸움임을 공시하라

화에 휩싸이다 보면 지금 왜 싸우는지에 대한 방향을 잃은 채 감정만 쏟아내는 분풀이로 번지는 경우가 많다. 분풀이성 싸움만큼 소모적이고 서로를 아프게 하는 것은 없다. 문제 해결은커녕 서로 탈진하고 마는 것이다. 싸움을 시작하기 전에 이것이 '보다 나은 해결, 서로가 만족할 수 있는 지점을 찾기 위한 직접적 시도'임을 분명히 이야기하라. 또는 다소 격하더라도 이야기를 나누고 나면 우리의 관계가 호전될 것이라는 확신이 있다고 분명히 밝히고 시작하라. 아울러 싸움 중간에 방향을 잃었다고 여겨지거나 분노가 격화된다고 느껴지면 잠시 싸움을 멈추고 문제 해결점을 위한 의견 조율이 잘 이루어지고 있는지 짚어보아야 한다. 이왕 화를 내고 싸움을 하였다면 그 이후에 상대방의 태도가 어느 정도 개선되었는지, 나 자신은 새로운 교훈을 얻었는지, 그래서 문제 상황이 의미 있게 완화되었는지 등 전체적인 점검을 잊지 말자. 그렇지 않으면 화는 무의미하게 반복된다.

화를 낸 이후가 중요하다

상대에게 화를 내고 끝내버리지 말고 화를 낸 뒤에 어느 정도 시간이 지나면 화를 스스로 추스를 수 있는지 자문해 보자. 부부처럼 가까운 사이일수록 화를 주고받으며 벌어진 분노의 분위기를 일상생활 속으로 다시 환기시킬 수 있는지가 중요하다. 화내는 것으로 끝나는 게 아니라 두 사람의 화가 지나가버린 휑한 자리에 정서적 애프터서비스를 할 수 있는지 점검해 보자. 화를 내고 집을 나가버리거나 1주일 넘게 냉전이 지속된다면 분노 상황을 제대로 통제하고 있다고 보기 어렵다. 이러한 역기능적 모습은 분노 상황의 또 다른 변형일 뿐이다. 일상은 계속되어야 한다.

6
사랑한다면 질문하라

묻는 것을 멈추지 않는 것이 중요하다.

— 알베르트 아인슈타인

대화 방법의 중요한 기법 중 하나가 바로 질문하는 것이다. 질문은 지극히 훌륭한 대화 방식이다. 그런데 우리는 이 질문법을 잘 사용하지 않는다. 상대에게 '그렇다, 아니다'라는 대답만 가능한 폐쇄 질문을 하거나, 내 생각을 단정지어 말하고, 내 판단을 상대에게 주입하려 하며, 내 희망사항만 요구함으로써 대화의 흐름을 막곤 한다.

열린 질문을 하라

질문 중 가장 좋은 질문은 '촉진적(facilitating) 질문'이다. 질문을 함으로써 상대방의 마음이 자연스럽게 열리게 하는 질문을 말한다. 이것은 대화 내용이 내적으로 깊어지며 지평이 넓어지는 질문 방식이다. "네게 그런 생각이 드는 이유가 무엇일까?" "그런 마음이 드는 배경을 내가 들어볼 수 있을까?" "너의 괴로움에 대해 자세히 말해 주겠니?" "네가 하고 싶은 말들이 많을 것 같은데 들어볼 수 있을까?" "어제 그 일로 섭섭했을 것 같은데 기분이 어땠는지 물어봐도 될까?" 와 같은 질문들이 바로 촉진적 질문들이다. 촉진적 질문이 좋은 이유는 상대방에 대한 진심 어린 관심이 담겨 있기 때문이다.

협박톤의 질문을 피하라

촉진적 질문과 달리 상대방의 입에서 '그렇다, 아니다' 혹은 '맞다, 틀리다'와 같은 흑백론적 대답을 유도하는 질문은 지양되어야 할 질문 방식이다. 가령 "내 말이 맞아, 안 맞아?" "네가 말한 게 이 말이지? 아냐?" "먹을래, 안 먹을래?" "사과할 거야, 말 거야?" "너 지금 짜증 난다고 생각하고 있지? 그렇지?" 이것은 질문이 아니다. 질문을 가장하여 상대를 공격하는 행위일 뿐이다.

배우자에게 호기심을 가져라

부부가 질문하지 않는 이유 중 하나는 더 이상 배우자를 궁금해하지 않기 때문이다. 서로에 대해 모든 걸 알고 있다고 생각함으로써 궁금증 자체를 봉쇄한다. 과거의 잔재에 파묻힌 부정적 예견과 단정으로 현재의 상대방을 평가해 버리는 것이다. 반면 활기 있고 생동감 넘치는 건강한 부부는 결혼생활이 오래되어도 서로를 신세계로 여기며 호기심에 눈을 반짝인다. 그러므로 질문이 끊이지 않고 상대방의 대답을 듣는 게 흥미로울 수밖에 없다.

질문하는 부모가 되라

질문하는 태도는 자녀양육에서도 매우 중요하다. 자녀에게 열린 질문, 촉진적 질문을 하는 것은 자녀를 한 인간으로서 존중한다는 의미다. 자녀는 자신을 향한 이러한 존중감을 본능적으로 느낀다. 이것은 곧바로 자존감으로 연결된다. 부모 자녀 관계에서 부모는 곧잘 절대적 권력을 가지고 자녀에게 지시와 명령, 폐쇄적 질문을 하곤 한다. 자녀의 나이에 맞는 질문, 자녀의 마음을 궁금해하는 질문, 자녀가 자신의 기분이나 감정 상태를 자유로이 표현하도록 허용하는 촉진적 질문을 하는 부모가 되어야 한다. 부모와 자녀 사이에 이러한 질문 교류가 잘 이루어지면 자녀는 어른이 되어서도 스트레스 상황에 닥쳤을 때 스스로에게 질문하고 답하는 내적 대화를 할 수 있게 된다. 즉, 자신의 생각과 감정을 스스로 정리하는 힘을 가지게 된다. 사랑한다면 아낌없이 질문하라.

7
지혜로운 체념

변화시킬 수 있는 부분은 노력하여 개선하고, 변화시킬 수 없는 부분은 있는 그대로 받아들이며 과감히 내려놓고 가는 것이 지혜로운 체념의 핵심이다. 지혜로운 체념은 인생의 모든 상황과 인간 관계가 늘 자신이 예측한 대로만 진행될 수 없다는 사실을 받아들이는 데서 시작한다. 특히 부부관계와 같은 장기적 친밀 관계의 경우, 배우자를 적절히 놓아주는 것, 배우자에 대한 나의 기대와 배우자의 행동 패턴 중 일정 부분을 건강하게 포기하는 것이 부부관계를 윤택하게 하는 열쇠다.

지혜로운 체념은 패배적 포기, 무책임한 포기와는 다르다. 지혜로운 체념은 인간으로서 자신의 한계를 분명히 알아야만 할 수 있는 성숙한 작업이자 나 자신을 자유롭게 해방시키는 행위다. 이에 반해 패배적 포기는 상대방이나 해당 사안에 대한 감정의 찌꺼기를 그대로 품고 자책감에 빠져드는 것으로, 심각한 우울증과 화병을 유발한다.

학파를 불문하고 모든 심리치료에서 추구하는 궁극적 목표 또한 '지혜로운 체념'이다. 지혜로운 체념은 그만큼 이루기 어려운 것이며, 인간적 성숙함을 필요로 한다. 건강한 포기, 지혜로운 체념은 다른 가능성을 향한 새로운 시작을 의미한다. 지금 움켜쥐고 있는 집착을 과감히 떨쳐 흘려보냄으로써 부부관계와 자신의 인생에 새로운 전기를 마련하자.

8
상처, 재건과 회복으로 꽃피우다

사람은 사람과의 관계에서 마음을 다친다. 그중 가장 크고 깊게 상처받는 경우는 아마도 가족, 친구, 연인과의 정서적 관계에서일 것이다. 그 관계 속에서 특히 견디기 어려운 아픔과 상처는 바로 '버림받는 것'이다. 나를 받아들여주리라 믿었던 이에게, 내가 사랑받길 갈망했던 이에게, 내가 인정받길 바랐던 이에게 거절당하거나 버림받았을 때 우리는 깊은 상처를 입는다. 이를 '원고통(original pain)'이라 한다. 믿고 헌신했던 사람에게 버림받았을 때의 상처는 그 여파가 너무 커서 다시는 누군가를 사랑할 수 없을 것 같은 절망감을 맛보게 된다.

상처는 숙명이다

우리는 백 퍼센트 의존적인 유아로 태어나 양육자의 돌봄을 받으며 삶을 시작한다. 하지만 양육자 또한 불완전한 인간이기에 유아의 욕구에 완벽하게 대응할 수는 없다. 유아는 자신의 생존과 직결된 배고픔의 욕구, 반영의 욕구, 접촉의 욕구, 안락함의 욕구 등이 채워지지 않으면 불안해하고 상처를 입게 된다. 다행히도 유아는 심적 상처를 받더라도 복원될 수 있는 탄력성이 있다. 우리는 좌절을 통해 성숙해지고 강해지도록 선천적으로 프로그래밍되어 있는 것이다. 그 과정이 비록 뼈아프더라도 말이다. 어쩔 수 없는 좌절과 상처 속에서 나와 타인이 다르다는 것을 배우고, 자신의 마음과 타인의 마음에 대해 알게 되며, 공감에 대해서도 알아간다. 그런 역동적인 성장 과정 속에서 유아는 돌봄의 실패를 '만회'할 기회를 찾는 사랑의 양육자와 다시 화해하는 사랑의 질주를 멈추지 않는다. 양육자도 상처를 지니고 있는 불완전한 인간이기에 어쩔 수 없이 불완전한 양육과 돌봄을 제공할 수밖에 없는 것이다. 이렇듯 상처를 주고받고 화해하고 회복하는 과정은 인간의 숙명이다. 인간관계의 출발인 '엄마-아기 관계'에도 이러한 상처의 테마가 흐른다.

산산이 부서졌으나 우리는 죽지 않는다

상처를 주고받는 것이 인간의 숙명임에도 불구하고, 다행스럽게도 인간은 상처받는 감성적 마음과 함께 그 상처 속에서 교훈을 얻는 깨달음의 힘, 그리고 이를 극복할 수 있는 탄성력과 낙천성 또한 갖추고 있다. 정신과 의사 프레더릭 플라치(Frederic Flach)는 탄력성에 대해 설파하면서, 우리가 인간인 이상 인생의 어느 시점에서는 붕괴되어 산산이 부서지는 경험을 하게 되는데, 이때를 분기점으로 삼아 탄력성을 발휘하여 변화에 적응하고 재건하는 사람들에 주목했다. 물론 모든 이가 상처의 경험에서 탄력적으로 회복되는 것은 아니다. 고통에 매몰되고 부정적인 감정에 압도되어 심리적 퇴행이나 정체를 보이는 사람들도 많다. 그러나 인간은 누구나 회복될 수 있다. 내상의 터널을 지나 회복과 재건을 거머쥔 자는 아름답다. 삶은 그렇게 상처와 회복의 여정이다.

9
최적의 합의점을 위한 노력,
그것이 사랑이다

철학자 헤겔은 "절대적인 지식이란 한 사태의 이중성을 총체적으로 인식하는 것이다"라고 말했다. 가정이라는 울타리 안에서 이중적인 일들이 벌어지고 불일치가 일어난다고 해서 너무 염려하거나 분노하지 말아야 한다. 서로 맞춰 나가려는 노력과 함께하겠다는 다짐이 있다면, 그 안에서 모든 것은 평화롭게 공존하며 융합될 수 있다. 나와 충돌하는 상대방의 의견을 나에 대한 저항이나 항의, 옳지 않은 생각, 틀린 의견으로 간주하지 않고 '가능한 대안'으로 여기는 너그러움과 지혜가 필요하다. 가능한 한 많은 대안이 있을 뿐 나만 옳은 일은 없기 때문이다. 우리는 흔히 상대방이 틀렸다고 생각하기에 분노하는 것이다. 레오나르도 다빈치는 "두 개의 사물이나 아이디어가 비록 유사하지 않더라도 인간이 이 둘에 집중하면 반드시 둘 사이에서 연관성을 찾을 수 있다"고 했는데, 사람과 사람 사이의 일도 마찬가지다. 두 사람이 머리와 마음을 맞대고 최적의 합의점과 연관성을 찾는 그 과정이 진정 아름다운 것이다. 그것이 바로 사랑이고 삶이다.

10
진짜 행복

별을 따려고 손을 뻗는 사람은 자기 발밑의 꽃을 잊어버린다.

— 제레미 벤담

11
시간은 한정되어 있다

시간의 가치를 충분히 깨닫는다면 행동이 신속해질 것이다.

어느 이탈리아 철학자는 시간을 사유지라고 불렀다.

경작하지 않으면 아무런 가치도 창출하지 못한다.

— 새뮤얼 스마일즈

나는 남편과 편안한 자세로 나란히 앉아 **책 읽는 시간이 많**다. 얼마 전 책을 읽고 있던 남편이 책에 나온 내용이라며 내게 질문한다. "여보, 만일 내가 병에 걸려 시한부인생으로 1년만 살 수 있다면, 당신은 무엇을 할 것 같아?" 나는 의외로 답이 쉽게 바로 나왔다. "우선 이러저러 할 거고 당신이랑 이렇게 저렇게 할 거고……." 그런데 그렇게 말을 30초 정도 이어가다가 갑자기 마음이 울컥했다. 나도, 남편도 눈에 눈물이 맺혔다. 그리고 그때 내 마음 속에 한 가지 질문이 솟아올랐다. 그걸 왜 지금, 바로 못 하고 있는가.

죽음은 인간을 더없이 실존적으로 만든다. 죽음 앞에서 인간은 가장 진지해지기 때문이다. 시간은 한정되어 있고 삶도 끝이 있으며, 우리 모두는 불사조가 아니다. 이것은 모든 이와 결국 이별할 수밖에 없다는 코스모스의 룰이다. 어떻게 살아야할지, 그 방향은 의외로 간단하다. 자식, 부부, 부모, 가족, 친구, 동료 그리고 소중한 사람. 나를 둘러싼 사람들 그리고 공동체. 가까운 사람들과 유한한 시간 속에서 의미와 사랑을 충분히 그리고 기쁘게 나누는 삶. 뭔가 '주고, 나누고' 떠나고 싶다.

12
사랑과 결혼, 그 불가분의 관계

"사랑하면 알게 되고, 알면 보이나니 그때 보이는 것은 전과 같지 않으리라." 조선시대 정조 때 문장가인 유한준의 말이다. 학문을 대하든 장소나 물건을 대하든 사람을 대하든 모두 마찬가지로, 알면 참으로 사랑하게 되고 사랑하면 참으로 보게 된다는 것이다. 마음을 모으고 다 바치는 것이야말로 사랑이며, 그런 사랑이야말로 결국 인간을 깊이 있게 만든다.

그러나 막상 사람을 사랑하게 되고 사랑하는 이와 사랑 안으로 들어가면 우리는 이내 열병을 앓는다. 상처받고 실망과 분노로 물든다. 이별도 한다. 헤어진 사람을 잊지 못해 눈물로 밤을 지새운다. 그럼에도 사랑을 멈출 수 없기에 영원의 약속처럼 결혼을 한다. 또 다른 위기와 난관이 도래한다. 갈등과 실망을 피할 수 없다. 나도 늙고 배우자도 늙고 사랑도 늙는다. 회한과 울화도 솟아오른다. 그럼에도 사람들은 끊임없이 결혼한다. 독신이 늘어나고 있긴 하지만 결국 현실세계에서 사랑의 완성은 결혼이다. 부인할 수 없는 엄연한 사실이다. 그것이 모든 제도가 파기되고 수정됨에도 결혼제도가 존속하는 이유다.

13
양심적인 쾌락

제도는 인간을 일정 부분 억압한다. 모든 제도는 한계가 있고 결혼제도 또한 분명 한계가 있다. 프랑스의 철학자 몽테뉴는 말했다. "결혼이란 경건하고 신성한 결합이다. 그러므로 거기에서 얻어지는 즐거움은 억제되고 진지하며 조심스럽고 양심적인 쾌락이어야 한다." 이 얼마나 억제적이고 난해한 관계인가. 사랑하여 결혼했으나, 결혼생활 안에서는 압박감과 박탈감을 어느 정도 느낄 수밖에 없다. 결혼이라는 틀로 인해 가정이 유지되고 사회 전체가 유지되는데, 그런 큰 틀에 맞추다 보니 개인적인 욕구는 일정 부분 억압되고 희생될 수밖에 없는 것이다. 내가 느끼는 박탈감이 전부 배우자 탓은 아니라는 의미다. 이는 어쩔 수 없는 제도의 한계로, 사회와 가정의 틀이 유지되려면 반드시 개인은 일부분 억압된다.

14
결혼이라는 창조적 놀이

모든 인간의 지식 가운데 결혼에 관한 지식이 가장 뒤떨어져 있다.

— 오노레 드 발자크

결혼은 법적 구속력을 지니는 제도가 그 근간을 이루지만, 사람과 사람이 만들어내는 무한한 심리적 공간이 바로 결혼이다. 결혼을 통해 우리는 인간으로서의 각종 욕구를 충족시킬 수도 있지만, 그 대가로 양보하고 포기해야 하는 욕구도 있다. 그리고 배우자와의 마찰이나 갈등이라는 피할 수 없는 숙제도 산재해 있다. 결혼으로 만들어낸 가정은 행복한 휴식처이면서, 동시에 자신에게 주어진 책임과 역할을 수행하고 욕구불만을 감내하며 좌절과 시행착오 속에서 감정을 조절하여 승화시켜 나가는 심성 단련의 장인 것이다.

결혼은 지금까지 행해온 낡은 행동방식과 사고방식을 바꾸고, 새로운 상황과 맥락에 맞는 행동 레퍼토리를 만들어내고 채택할 수 있는 창조적 활동이다. '혼자 살아가는 나'가 아니라 '함께하는 관계 속의 나'로 거듭나는 기회다.

반면, 유아기적 욕구를 아직 버리지 못한 사람은 결혼생활 도처에 산재해 있는 위기와 갈등상황에서 강한 고통과 불만을 느끼게 될 것이다. 고통은 삶의 한 얼굴이며 갈등은 부부관계의 보편적 현상이다. 결혼을 통해 자신의 잠재된 창조성을 계발하고 자신을 단련한다면, 결혼을 선택함으로써 치러야 하는 고통과 대가에 비해 훨씬 더 가치 있는 '성숙', '함께함'의 선물을 받게 될 것이다. 결혼이 심리적 과정이라는 것은 바로 이와 같은 이유 때문이다.

15
제발, 자신의 결혼관을 점검하자

결혼 갈등을 줄이는 데 있어 배우자에게만 너무 의존하지 말자. 그보다 우선 자신이 어떤 결혼관을 가지고 있는지, 왜 결혼을 하려고 하는지, 결혼을 통해 무엇을 얻고 싶은지, 결혼과 자신의 꿈이 어떻게 조화를 이룰 수 있을지, 어떤 배우자를 원하는지, 또 나는 어떤 배우자가 될 수 있을지 다각적으로 검토하고 적극적으로 대화를 나눠보자. 사람마다 결혼에 대한 정의와 포트폴리오, 배우자에 대한 기대가 다를 수밖에 없다. 따라서 서로 대화를 통해 조율하는 것이 중요하다. 많은 부분에서 합의가 되면 좋고 그렇지 않더라도 다름을 분명하게 알고 있는 것이 좋다. 이것이 바로 창조적인 결혼생활이다. 결혼제도의 한계를 분명히 인지하고 거기에서 출발하여 나의 그림을 그려보는 것, 이러한 노력과 관심이 부부갈등을 상당 부분 줄여줄 수 있다.

16
병적인 의심, 건강한 의심

무엇이 잘못되어 가고 있는가? 나와 가까운 누군가가 나로 인해 고통 받고 있는가? 바로 내가 지금 당면한 문제를 악화시키고 있지는 않은가? 이렇게 각 부분들을 스스로 되짚고 점검하는 자세가 '건강한 의심'이다. 즉, 건강한 의심은 자신의 '관계'에 대한 건강한 모니터링을 뜻한다. 건강한 의심을 하는 사람은 결코 타인을 과녁 삼아 감시하고 비난하거나 몰아세우는 행동을 하지 않는다. 대신 현재 상황과 자신의 삶을 냉철하게 점검한다. 상대를 의심하고 몰아세우는 게 아니라 자신이 속한 '관계'를 총체적으로 점검한다. 잘못된 부분, 노력해도 안 되는 부분이 있는지 관찰하고 불가피하다면 있는 그대로 받아들인다. 그리고 필요하다면 상대와 거리두기 혹은 분리도 담대히 고려해 본다.

그러나 주변을 둘러보면 건강한 의심은 없고 병적인 의심만 가득한 커플을 어렵지 않게 볼 수 있다. 자신이 속한 관계가 이미 뚜렷이 어긋나고 있는데, 상황에 대한 현실적 자각 없이 오로지 연인이나 배우자의 일거수일투족을 감시하며 상대를 괴롭히기만 한다. 휴대전화,

이메일, 신용카드 사용내역서, 위치 추적까지 동원하여 상대방을 더욱 더 강력히 통제하려 한다. 그러나 그럴수록 상대방은 더 냉담해지거나 더욱 멀리 도망가 버린다. 여기에서 본질적인 문제는 '의심받아 마땅한 파트너'가 아니라, 두 사람이 관계 안에서 서로 고통 받고 있다는 것, 상호신뢰가 부식되고 있으며 서로가 서로에게 헌신하지 못하고 있다는 '사실'이다. 두 사람의 관계에서 이미 뚜렷한 '누수현상'이 벌어지고 있다는 분명한 사실 말이다. 그렇다면 상황의 본질적 핵심을 외면한 채 오로지 상대방에게만 매달려 쫓고 쫓기는 병적인 의심의 악순환이 반복되는 이유는 무엇일까? 그것은 바로 분노 그리고 잠재의식 속에 숨어 있는 '버려짐에 대한 공포'와 관련이 깊다. 의미 있는 대상으로부터 관계 단절을 당한다는 것, 버려진다는 것은 인간이 느낄 수 있는 가장 처절한 고통이다. 하지만 결국 이것도 극복해야 한다. 중요한 것은 이별을 막는 게 아니라 장기적으로 안정적인 관계를 만드는 것이다. 그런 관계를 만들어갈 수 있을지 여부를 정확히 판단해보아야 할 것이다. 차가 잘 나가지 않으면 차를 멈추고 수리해야 한다. 만일 차를 바꿔 타야 한다면 과감히 지금 타고 있는 차에서 내려야 한다.

건강한 의심의 결과를 받아들여라

자신이 속한 관계에 대해 건강한 의심을 품는 것은 긍정적인 결과를 가져온다. 낡은 나를 변화시키는 힘은 건강한 의심에서 나온다. 건강한 의심 속에는 통찰(insight)의 요소가 강하게 숨쉬고 있다. 건강하게 의심한다는 것은 상황을 객관적으로 바라보고 무엇인가를 배우려하며 발전적으로 나아갈 방향을 모색한다는 것, 그리고 '위험을 기꺼이 떠안겠다(risk-taking)'는 책임감을 의미한다. 고통이 예상되더라도 그 현실을 직시하고 개척해 나가겠다는 강단 있는 용기고, 세상 어디에도 공짜가 없음을 아는 것이다. 자신의 애정관계가 원하는 대로 돌아가지 않을 때 그 원인과 이유를 냉철하게 분석할 수 있는 힘, 이것이 건강한 의심의 출발점이다. 이런 힘이 있는 사람들은 아무리 익숙하고 편안하다고 하더라도 기존의 관계, 시스템에 의문을 품을 줄 안다. 만일 대대적인 수선이나 새로운 시스템 창조가 필요하다면 기꺼이 그렇게 하며, 새 시스템을 통해 자신의 삶을 적극적으로 변화시키는 것을 두려워하지 않는다. '성장통'을 감내할 수 있는 용기, 그것은 건강한 의심과 함께한다.

17
굴욕 외교

좋은 관계를 맺기 위해서는 어느 정도의 타협을 감수할 수밖에 없다. 우리는 배우자나 부모와의 관계에서 나 자신의 제반 욕구들을 조절해야 한다. 이런 타협을 우리는 '사랑'이라고 부른다. 그런데 문제는 '잘못된 타협'이 발생할 수 있다는 것이다. 너무 많이 참고 지나치게 양보하고 상대방 뜻대로 움직이며 병적인 희생까지 마다하지 않는 것이 바로 잘못된 타협이다. 갈등이나 싸움을 피하기 위해 참고, 상대방이 화내는 게 무서워서 참고, 상대에게 사랑받기 위해 내 욕구를 무시하고, 소심한 성격이라 또 참는다. 결혼생활이 불만족스럽거나 배우자의 사랑이 식은 것 같을 때에도 결혼생활의 문제와 현실을 부인하고, 배우자의 마음에 들기 위해 자신을 억지로 바꿔가며 배우자에게 맞춘다. 이 모두는 자기 자신과 관계를 병들게 하는 잘못된 타협이다. 거짓 관계이고 '굴욕 외교'다. 참고 참으며 병적으로 상대에게 맞추는 한 진정한 나의 성장은 있을 수 없다.

18
조언해 주세요

> 우리는 인생에서 가장 중요한 교차로들에
> 신호등이 없다는 사실에 익숙해져야 한다.
> — 어네스트 헤밍웨이

"내가 어떻게 해야 하는지 방법을 알려줘." 아내에게 이렇게 요구하는 남편들을 어렵지 않게 만날 수 있다. 작은 싸움거리 앞에서도 배우자에게 짜증을 내면서 "당신이 똑바로 알려줘야 내가 알지!"라고 따지듯 말한다. 과연 부부관계라는 게 상대방이 알려주면 해결되는 걸까? 이렇게 묻는 남편은 아내의 이야기를 진심으로 들어줄 마음의 자세가 되어 있는 것일까? 상대에게 구체적인 조언을 요구하는 사람들은 잠재의식 속에 강한 분노가 자리하고 있는 경우가 의외로 많다. 그들의 잠재의식 안에는 '내가 옳다, 그보다 더 좋은 방법이 있는 줄 알아?'라고 외치며 상대방을 간접 공격하는 마음이 똬리를 틀고 있을 뿐이다.

관찰하고 질문하고 협조하라

당신은 지금 배우자에게 분명한 노선을 제시해 달라고 고집스럽게 요구만 하며 수동적 삶을 살고 있지는 않은가? 어떻게 행동하고 살아가야 하는지, 어떻게 하면 부부관계가 평화로워질 수 있는지 그 누구도 분명히 말해 줄 수 없다. 우리가 할 일은 우선 내 정서가 얼마나 닫혀 있는지 깨닫고 이를 인정하는 것에서 시작한다. 그리고 배우자를 잘 관찰하라. 관찰 후에는 그 결과를 토대로 질문하면 된다. 질문을 하고 나면 이제 상대방의 대답을 경청하고, 그 내용에 대해 토를 달거나 비평하지 않는 것이 중요하다. 받아들이고 협조하는 자세를 취한다. 모르면 모른다고 인정하고 배우자에게 기대라. 협조할 것이 아니라면 요청도 하지 마라. 괜한 땡깡 부리지 말고.

19
부부대화, 양날의 검

결혼생활에 들어갈 때는 이렇게 자문해 보아야 한다.
'당신은 이 여자와 늙을 때까지 좋은 대화가 되리라고 생각하는가?'
결혼생활에서 다른 것들은 모두 일시적이지만
함께 있는 시간의 대부분은 대화에 속한다.

— 프리드리히 니체

두 사람의 대화는 자신의 의사를 전달하고 상대방의 의사를 전달받으며 서로의 정서를 교류하는 것이 기본 기능이다. 그러나 반대로 대화 거부, 압박적 대화, 대화 단절을 통해 서로의 행동방식에 영향을 미치며 조절과 통제를 행하기도 한다. 즉, 두 사람 간의 대화는 그 관계의 질을 모양 짓는 양날의 검인 것이다. 이 양날의 검을 잘 다루기 위해 부부 간 대화는 직선이 아닌 원이라는 것을 인식해야 한다. 대화는 '원인-결과'가 아닌 '순환'이다. 아내가 남편에게 영향을 주고 다시 남편이 아내에게 영향을 주는 이 '순환적인' 특성을 이해할 때 비로소 대화를 건강하게 이끌어갈 수 있다. 좋은 것을 주면 좋은 것이 오는 긍정 순환이, 나쁜 것을 주면 나쁜 것이 되돌아오는 부정 순환이 돌고 도는 원처럼 발생한다. 이 순환적 특성 때문에 대화가 잘 되면 '함께' 즐거워지고 반대로 부부갈등이 심해지면 대화 자체가 악순환의 고리로 전락하고 만다. "당신이 그랬기 때문에 내가 이럴 수밖에 없어!" "아니야, 당신이 그렇게 하니까 내가 이러는 거야"와 같은 책임전가식 대화, 인과관계 설정 대화는 안 하느니만 못하다. 대화가 오가며 원처럼 빙글빙글 도는 순환적 맥락을 바로 이해하는 것이 대화라는 양날의 검을 잘 다루는 기본 태도다. 닭이 먼저인지 달걀이 먼저인지 알 수 없듯이, 부부 간의 다툼에서 그 원인이 아내가 먼저인지 남편이 먼저인지 판단할 수는 없다. 그저 함께 돌고 도는 것이다.

20
하지 말아야 할 말을 하지 않는 능력

재능 가운데 가장 소중한 재능은
한 마디면 될 때 두 마디 하지 않는 재주다.
— 토머스 제퍼슨

성숙하고 평화로운 결혼생활을 꾸려가기 위해서는 좋은 것,
특별한 것을 더 하는 게 중요한 게 아니다. 핵심은 하지 말아야 될 행
동, 하지 말아야 될 말을 하지 않는 절제와 침묵의 내공이다. 관계를
좀먹는 행동을 하지 않는 것, 배우자의 마음에 상흔과 아픔을 남기는
말을 하지 않는 것, 그게 바로 사랑의 방법이다. 토머스 제퍼슨의 말
을 바꿔보면 "재능 가운데 가장 소중한 재능은 하지 말아야 할 말을
하지 않는 재주다"라고 말하고 싶다.

21
가장 위험한 부부싸움 8가지

1. 싸움이 시작된 지 얼마 되지 않아 가속화된다.
2. 물건을 부수거나 몸싸움과 실랑이, 폭력이 오간다.
3. 배우자의 존재 자체를 비난하거나 배우자의 인격을 공격하는 거친 말이 반복적으로 오간다.
4. 배우자에게 감정적 협박을 일삼는다.
5. 배우자의 행동으로 인해 심한 공포감을 느낀다.
6. 배우자 한 측이 대화를 회피하거나 집을 나가는 행동이 반복된다.
7. 싸우는 도중에 화가 난 채로 양가 부모님에게 전화하여 싸움을 확대시킨다.
8. 싸움 후 일정 시간이 지났음에도 화해의 신호 없이 긴 시간 냉전이 유지된다.

위 신호 중에 세 가지 이상이 강도 높게 나타나는 부부는 반드시 관계를 점검해 보아야 한다. 이런 부부는 분노 및 충동 조절에 문제가 있을 가능성이 아주 높으며, 이들에게는 싸움이라는 행위가 문제해결이나 서로에 대한 이해로 이어지는 게 아니라, 서로에게 더 깊은 상처만 준다. 이 같은 바람직하지 못한 싸움 습관이 반복되고 있다면 그 습관의 고리를 끊는 결단이 필요하다.

앞의 8가지 모습 중에 두세 가지의 행동이 비교적 미약한 강도로 벌어지고 있는 부부는 문제가 더 커지기 전에 미리 점검하고 건설적인 싸움의 규칙을 만들려는 노력이 반드시 필요하다.

22
부부싸움을 예방해 주는
평상시 태도와 마음가짐

1. 부부 간에 사랑 못지않게 중요한 것은 '감정 교류와 우정'이라는 것을 잊지 말고 일상 속에서 함께 행한다.

2. 아무리 사소한 일이라도 서로에게 칭찬을 아끼지 않는다.

3. 내가 말하기보다는 상대방의 말을 귀 기울여 듣는다.

4. 하루에 15분씩이라도 부부만의 대화 시간을 갖는다. 일상적이고 소소한 이야깃거리라도 즐겁게 대화를 나눈다.

5. 가정이라는 공간에서 벌어지는 일이라면 아무리 작은 일이라도 서로에게 알린다. 중요하고 큰 사안일 경우에는 반드시 의논한다.

6. 의견이 합치되지 않아도 그 자체를 편안하게 받아들인다. 완전한 일치가 아닌 광범위한 조화와 부분적인 동의만으로도 충분하다는 것을 잊지 말자.

7. 부부만의 '미래 청사진'을 공유하고 발전시키는 데 관심을 쏟고 의견을 모은다.

관계에 도움이 되고 서로에 대한 이해에 다다르는 부부싸움이 되기 위해서는 부부관계가 평화로울 때의 태도와 마음가짐이 매우 중요하다. 평상시 긴밀한 유대감을 갖고 있는 부부는 싸움 상황에서 극으로 치닫지 않는다. 설령 싸운다고 하더라도 회복탄력성이 강하게 작용한다. 평상시 부부관계의 만족도는 부부 갈등상황에서 완충제(buffer) 역할을 한다. 따라서 평상시에 유대감을 증진하려는 노력이 '좋은 부부 싸움'을 만드는 토대가 된다.

23
싸움판

클리닉에 찾아오는 상당수의 부부들은 내담 계기에 대해 '잦은 부부싸움'을 첫 번째 이유로 꼽는다. 부부마다 이유가 있어 싸우는 것이지만, 그 이유와는 별도로, 반복되는 격심한 싸움, 그 행위 자체에 지치고 지쳐 더 이상 안 되겠다 싶을 때 부부들은 구조를 요청한다. 계속 싸우기 때문에 부부 사이가 더욱 더 나빠지는 것이기도 하지만, 이미 상할 대로 상한, 소위 '붕괴가도' 위에 있는 부부이기 때문에 격심하고 소모적인 싸움이 벌어지는 것이기도 하다. 척박한 땅에 잡초가 점차 무성해지고 가뭄 든 땅이 더 심하게 갈라지듯이 말이다. 좋은 의도로 다가가고 대화를 시도해도 3분 만에 싸움이 벌어진다. 악화된 부부 사이, 원수 같은 배우자만 재확인할 뿐이다. 부부 사이가 이미 너무나 상해 있기 때문이다. 부부 사이에도 '괴사'가 일어난다.

부부, 싸움판에 서다

대인관계, 특히 애정과 애착으로 묶인 부부 사이에 문제가 생겼다는 징표 중 대표적인 것이 바로 '잦은 싸움'이다. 다시 말해 '싸움판'

이 되어버리는 것이다. 싸움 없이 평범히 지내는 시간도 있긴 하지만, 대부분의 시간에 화, 분노, 실망, 억울함, 적대감을 드러내는 장이 쉴 새 없이 펼쳐진다. 내가 먼저인지 배우자가 먼저인지 따질 틈도 없이 '말만 하면' 싸움이 벌어진다. 이들은 싸움 후, 도대체 왜 싸우게 되었는지 알 수 없단 마음에 혼란감과 절망감에 빠지곤 한다.

멈춤 그리고 시작

싸움도 정도가 지나치면 증상이다. 증상은 치료되어야 한다. 그리고 재발을 막아야 한다. 잦은 싸움에 지친 부부들은 관계에 좋은 정서들, 가령 보살핌, 애정, 배려, 너그러움, 감사함, 유쾌함과 같은 관계의 자양분이 되는 정서들이 거의 다 소진되어 있다. 메마른 사막과도 같은 마음이 된 지 오래다. 싸움이 너무 잦아 감당하기 어렵다면 이제 싸움의 사슬을 끊고 분명히 직면하자. 더 이상 이대로는 안 된다는 것을 말이다. 최악의 상황에서 발생하는 감정들이 내 삶을 지배하도록 더 이상은 방치하지 마라. 자기혁신을 꾀하든 누군가의 도움을 받든 '싸움판'은 종결되어야 한다. 성공하는 능력 안에는 좌절을 이겨내는 능력도 포함되어 있듯이 사랑하는 능력 안에는 갈등을 풀어가는 능력도 포함된다. 싸움판을 과감히 거두고 '사랑하는 능력'을 키워보자. 사랑과 평화가 충만한 최선의 상황을 희망하며 부부관계 재정비를 시도하자. 지금 시작해야 한다.

24
부부싸움, 그 뒤

부부싸움을 잘하는 것도 중요하지만 더 중요한 것은 '부부싸움 그 후의 화해'이다. 부부싸움 중에 오가는 언사와 상처들도 문제가 되지만 우리를 더 힘겹게 하는 것은 싸움 후에 찾아오는 애매모호한 냉전의 시간이다. 그 시간이 길어질수록 서로 더 예민해지고 힘들어지는 건 두말하면 잔소리다. 더욱이 자녀가 있는 가정이라면 자녀는 부모의 눈치를 보느라 심리적으로 불편한 시간을 보내게 된다. 부부싸움 후의 냉전 시기 동안 자녀들의 정서적 불안은 이루 말할 수 없다. 물론 부부싸움 후 너무 섣부른 화해 시도도 문제가 있다. 불편한 상황을 모면하려는 임기응변식 화해, 문제 상황을 덮기 위한 화해는 결코 진정한 화해라 할 수 없다.

문제 상황의 해결 여부를 떠나 상대방에게 나도 모르게 감정적으로 대한 것, 상대의 마음에 상처를 준 것에 대해 진심에서 우러나오는 사과와 화해가 있어야 한다. 이러할 경우, 잘 마무리된 싸움으로 서로의 역사에 기록될 수 있다. 자잘한 싸움이건 큰 싸움이건 반드시 화해로 마무리하자. 그리고 상대가 화해를 청하면 흔쾌히 받아들이자. 사과와 화해 요청을 받은 사람은 "먼저 사과하지 못해 미안하다. 먼저 화해의 손길을 내밀어주어 고맙다"라는 말을 꼭 전하자. 그러면 관계는 다시 꽃핀다. 일본의 소설가 시오노 나나미도 "로마를 로마로 만든 건 시련이다. 전쟁의 승패보다 전쟁이 끝난 뒤 무엇을 했느냐에 따라 나라의 장래는 결정된다"라고 말하지 않았는가.

25
싸움 후 되찾아야 할 것들

다툼과 싸움의 가장 아름답고 성숙한 마무리는 '되찾음'이다. 되찾음이란 첫째, 싸움을 일으킨 문제 상황을 가능한 한 가장 바람직하고 순조롭게 해결하는 것(결정적 불씨를 남기지 않는 것)이다. 그리고 둘째, 문제가 해결된 다음에 두 사람의 관계가 한층 돈독하게 회복되는 것이다. 상대방을 정서적으로 되찾는 것이 중요하다. 싸움 후에 한 사람이 여전히 아프거나 분노가 쌓여 있다면 싸움의 온전한 마무리라고 할 수 없다. 전쟁을 치른 후 너와 내가 모두 쓰러지는 것이 아니라 함께 '문제'를 짚어 해결하고, 이어서 상대방을 건강한 상태로 되찾는 것이 중요하다. 이것이 가장 아름다운 '유종의 미'다.

26
배우자가 변해야 해요

클리닉에 오는 부부들에게 상담 목표를 물으면 **"배우자가 변하길 바란다"**라고 답하는 빈도가 압도적이다. 무엇이 그렇게 불만이기에, 배우자가 얼마나 많은 결함이 있기에 기필코 변해야만 할까? 그리고 변한다면 과연 얼만큼 변해야 할까? 부부관계에서 일어나야 할 변화는 크게 두 가지로 나눌 수 있다.

적극적 변화

첫 번째는 정말 변화해야 하는 행동, 즉, 변화가 일어나지 않으면 부부관계 유지가 어려운 영역에서의 변화다. 가령 폭력, 외도, 도박, 알코올 중독 등의 분명한 문제점이 반복된다면 이는 반드시 변화되어야 한다. 하지만 이것은 지극히 어려운 변화로, 당사자의 의지만으로는 어렵다. 이 영역의 변화는 해당 분야 전문가의 도움을 받는 것이 필요하다. 마음의 병과 관련 있기 때문이다. 만일 배우자가 이런 문제를 가지고 있다면, 배우자에게 계속 압박만 줄 게 아니라 배우자가 전문가의 도움을 받을 수 있도록 함께 의논의 시간을 가져야 한다.

유연한 변화

두 번째는 유연성 있는 변화다. 이 변화는 생활 속에서 순간순간 융통성을 가지고 슬기롭게 대처하는 것을 의미한다. 여기에는 내 고집을 버리고 상대와 잘 맞추는 행위가 포함된다. 애착 관계에서의 변화는 관계를 조화롭게 하는 데 목적이 있다. 즉, 정서적으로 편안해지기 위함이다. 배우자와 갈등이 생길 때 감정 반응을 조금 유보한다거나 하고 싶은 말을 잠시 보류하는 것, 배우자의 다른 의견을 대안으로 생각해 보는 것, 늘 쓰던 단어나 표현을 바꿔보는 등의 융통성을 발휘하는 것이 이 영역에 속한다. 이러한 융통성이 부부관계를 부드럽게 유지시켜주는 핵심 비결이라 해도 과언이 아니다. 유연성을 발휘하는 게 결코 쉬운 일은 아니다. 하지만 유연성을 키우지 않으면 부부관계는 고질적인 마찰로 멍들고 두 사람은 정서적으로 멀어지게 된다.

변화는 상부상조 속에서 일어난다

크든 작든 상대방에게 불만을 가지고 있는 부분에서 상대방의 변화를 이끌어내기 위해서는 당신의 도움과 애정이 가장 필요하다. 당신은 변화하려고 애쓰는 배우자에게 끝까지 희망을 불어넣어 주고 격려를 아끼지 않는 부조종사가 되어야 한다. 배우자와 정서적 공동체가 되어 상부상조할 때, 진정한 변화가 일어나는 것이다. '어디, 변화한다면서 얼마나 잘하나 보자'라는 눈초리로 주시하고 함부로 평가하면서 지적하는 모습을 보일 경우, 배우자는 이내 마음의 문을 닫게 되고 관계 악화만 더 조장될 뿐이다. 배우자가 변화하기 원한다면 배우자를 감시, 평가, 비판하며 몰아세울 게 아니라 배우자를 마음으로 '도와야' 한다. 배우자와 함께하자.

27
변화의 정착

부부가 함께 노력하여 '의미 있는 변화'가 일어났다면 그 다음은 변화가 정착할 수 있도록 반복하는 것이 중요하다. 변화가 한 번 성공적이었다고 해서 저절로 유지되는 게 아니기 때문이다. 모든 행동 습관은 원래대로 돌아가게 되어 있다. 따라서 변화가 일어났다고 섣불리 흥분하지 말고, 그것이 과거 행동 패턴을 누르고 새로운 생활 패턴으로 정착할 수 있도록 부부가 함께 반복을 거듭하여 건강한 습관으로 자리잡도록 노력해야 한다. 작은 습관과 반응에서의 변화든, 고질적이고 병적인 문제에서의 변화든 모두 마찬가지다. 자신의 내면 세계, 생각의 틀, 외현적 행동, 소중한 배우자의 행복까지 함께 변화할 때 비로소 진정한 변화가 이루어졌다고 볼 수 있을 것이다.

28

볼 건 보고 넘어갈 건 넘어가자

평균적 정신기능(average mental functioning)이라는 개념이 있다. '볼 건 보고 넘어갈 건 넘어가는 것'을 일컫는 말이다. 다시 말해 흘려보낼 건 흘려보내고 짚을 건 짚어야 한다는 것이다. 이 기능이 바로 정신 건강의 척도이며 평화로운 대인관계를 가져다주는 열쇠다.

그런데 우리는 과도히 밀착하여 파고들며 따지거나(배우자의 단점, 배우자가 내게 준 상처, 시부모의 행동, 친구의 기분 나쁜 말, 손해 본 것들, 가게 점원의 불친절, 마음에 안 드는 헤어스타일 등), 반대로 세심한 관심을 기울여 수선해야 하는 부분을 그냥 넘어가버린다(자녀의 감정적 호소나 문제 행동, 배우자의 아픔과 호소, 부부 간의 반복적인 마찰, 건강 문제, 경제적 난관 등). 넘어가도 될 것을 그냥 넘어가지 못하고 과도하게 밀착하고 되씹을 때 노이로제가 생기며, 관심을 갖고 살펴야 할 것을 제때 제때 살피지 않고 넘어가버릴 때 문젯거리의 누적으로 예상치 못한 순간에 폭발이 일어난다.

"심각해지는 것만으로는 문제 해결에 결코 도움이 되지 않는다"라는 무라카미 하루키의 말과 "많은 불행은 말하지 않은 채로 남겨진

일 때문에 생긴다"는 도스토예프스키의 말을 기억하자. 지금 이 사안이 '심각해질 필요가 없는 사안'인지 아니면 '분명하게 말하고 드러내어 직면하고 해결해야 할 사안'인지 분별하자.

29
박수쳐야 할 때는 박수를 처라

부부갈등으로 상처가 깊어진 아내들은 누적된 분노와 실망감 때문에 남편을 극단적으로 몰아세울 때가 많다. 이야기를 시작하자마자 남편의 예전 불찰을 낱낱이 꺼내서 따지듯 이야기한다. 아내들이여, 남편을 너무 몰아세우지 말자. 그동안 남편이 아내에게 이리저리 상처준 건 맞다. 하지만 대부분의 경우 그것은 남편이 특별히 나빠서가 아니라 부부관계 같은 정서적 친밀관계에 서툴기 때문이다. 고질적 문제가 있는 남편이라 하더라도 아내와의 관계개선을 위해 조금이라도 변화를 위한 노력을 시작했다면, 그런 남편에게 아낌없이 박수쳐주기 바란다. 과거는 과거고 현재는 현재다. 남편의 노력으로 관계가 더 이상 악화되지 않고 있다는 것만으로도 다행이다. 과거의 일에는 크게 마음 한 번 돌리고, 오늘, 현재를 살아가는 남편에게 박수를 보내자. 그럴 때 아내 자신의 마음에 평화와 행복, 든든한 사랑이 재생되는 걸 느낄 수 있을 것이다.

아내들이여, 이제 과거는 뒤로하고 현재에 박수를 처라.

30
나를 들여다보는 용기

"남편과의 일도 그렇지만 이 일을 통해 드러나는 내 문제, 자꾸만 반복되는 내 마음 상태와 불안이 더 큰 문제가 아닌가 생각하게 되었어요. 남편에게 내가 너무 완벽한 인간상을 원하고 있지 않았나, 남편에 대해 상대적으로 열등감이 있는 건 아닌가, 남편에게 내가 너무 의존적인 건 아닌가…… 이제는 들여다보고 싶어요. 그래서 정말 용기 내어 왔어요. 나 자신을 치유하고 싶어요……."

정인 씨는 뜨거운 눈물을 흘리며 말했다. 참으로 아름다운 눈물이었다. 정인 씨는 남편이 자신을 아프게 하는 부분이 있지만 그럼에도 완전히 나쁜 사람이 아니라는 것, 남편 또한 완벽할 수 없다는 것, 그간의 결혼생활 동안 보여주었던 남편의 성실성과 사랑, 그 역사를 분명히 기억하고 있다고 말했다. 정인 씨는 더 이상 남편을 탓하거나 원망하지 않았다. 그 대신 용기 있게 자기 자신과 내면 세계를 바라보았다. 더없이 올바른 출발이었다.

31
정서성을 이해하라
― 나 자신을 있는 그대로 받아들여라

사람마다 얼굴 생김새가 다르듯 정서성도 개인 고유의 생김 새가 있어 우리를 각기 고유하고 독특한 존재로 만들어준다. 개인의 행복감이나 삶의 태도를 결정하는 것은 그 사람의 세계관 그리고 이 러한 '정서'라고 할 수 있다.

특히 나는 사람의 정서성에 무척 관심이 많다. 그래서 먼저 나 자신 의 정서성을 계속 들여다보고 탐구한다. 되돌아보면 나 자신의 정서 성이 딱히 맘에 들지 않을 때도 많았다. 감정에 충실한 내 정서성의 특성으로 인해 축복의 시간도 많았지만 애고니(agony)와 슬픔의 시간 도 많았기 때문이다. 또, 상대의 의도와 상관없이 나 혼자 아프게 상 처받고 눈물 흘렸던 시간도 많았다. 내 정서성을 귀하고 아름답게 활 용할 기회도 많았지만, 그 정서성에 지배되어 아플 때도 있었다. 천성 적으로 정서적 여운이 긴 탓에 외로움과 그리움의 시간들, 기억들이 쉽게 잦아들지 않았다. 내 감정상태, 정서성이 밉고 원망스러워 차갑 고 냉정해지길 원할 때도 있었다.

하지만 이제 나는 내 정서성을 사랑한다. 있는 그대로의 내 정서를 말이다. 넘치면 넘치는 대로, 민감하면 민감한 대로 나름의 역사가 있기 때문이다. 내 눈에 보이는, 내 마음에 담기는 세상 자체를 사랑한다. 그리고 그 무엇보다 소중한 딸이 있는 그대로의 내 정서를 사랑해 주기 때문이다.

생김새도, 성격도, 정서성도, 나 자신을 있는 그대로 사랑하자. '지금 이 모습 그대로'도 우리는 자신이 원하는 것을 충분히 행하고 얻을 수 있다. 나의 자연스러운 모습에서 출발한 긍정적 움직임이 바로 나만의 진정한 성숙이다.

32
비난의 진실

타인을 향한 비난은 대부분 자기주장과 편견에서 비롯된다. 자신의 이득을 위해 나온 생각일 뿐이다. 비난의 이런 측면을 고려할 때 우리는 누군가에게 비난을 듣는다고 해서 과도하게 상처받을 필요가 없다. 동시에 나 또한 타인을 비난할 이유가 없음도 알아야 한다. 타인에게 붙이는 비난의 꼬리표는 그 '타당성'이 검증되어야 하는 것이다. 비난에는 새겨들어야 할 진실도 들어 있지만 커다란 허구도 한몫하고 있다. 따라서 진실과 허구를 분리해서 생각해야 한다. 상대방을 진정으로 소중히 여기고 사랑하는 사람은 '비난'이라는 방식을 결코 채택하지 않는다.

33
주고받는 사랑

자녀들은 축복이다.

— 윌리엄 셰익스피어

갓난아기와 어린아이들은 결코 홀로 살아갈 수 없다. 아이들은 부모를 통해, 특히 엄마를 통해 생존에 필요한 여러 가지 기본 욕구를 충족한다. 이 절대적 '의존'에 수반되는 감정이 바로 사랑이다. 사랑받는다는 것은 내 욕구가 비교적 편안하게 충족된다는 의미이자 동시에 내가 누군가에게 보호받는다는 의미다. 아이는 어른의 사랑과 보호를 받으며 한 인간으로 성장한다. 어른인 부모는 어린 자녀의 기본 욕구들을 충족시켜주면서 그들에게 사랑을 줄 의무, 강건한 보호를 제공할 의무가 있다. 자녀가 '내가 사랑받고 있구나'라는 건강한 확신을 가질 수 있도록 일관되게 사랑을 줘야 한다.

아이(자녀)는 사랑받을 권리가 있고 어른(부모)은 사랑을 줄 의무가 있다. 이것이 부모 자녀 간 건강하고 아름다운 관계의 가장 기본이 되는 틀이다. 이 관계를 바탕으로 성장한 아이는 타인과 건강하게 사랑

을 주고받을 수 있는 준비운동이 된 셈이다. 성장기 동안 부모와 주고
받은 생생한 사랑의 역사는 모든 인간관계의 기초를 이룬다 해도 결
코 과언이 아니다.

34
애정 결핍자

부모 또한 상처받은 보통의 인간이기에 아이의 욕구를 완벽히 채워줄 수 없고, 그렇기 때문에 자녀에게 크든 작든 마음에 상처를 주게 된다. 많은 자녀들은 부모에게 사랑과 함께 심적 상처 또한 받는다. 그래서 심리적으로 일정 부분 또는 상당 부분 온전히 성숙하지 못한 채 성장하고 만다. 부모로부터 평균적인 사랑을 받지 못하고 심적 상처가 정도 이상으로 깊은 아이들은 사랑받는 것에 대한 갈망과 환상을 지닌 채 성장하기 쉬우며, 내면 욕구와 의존심이 적절히 충족되지 못한 까닭에 '정서적 공백'을 지닌 어른이 될 가능성이 높다. '사랑을 주는 자세'와 '누군가를 보호하는 책임감'이 형성되지 못한 채, '사랑받는 것'에 대한 갈망과 보상 심리에 사로잡히는 것이다. 이렇듯 애정에 대한 갈망이 치명적인 상태에 이른 이들도 어렵지 않게 만날 수 있다. 우리는 그들을 '애정 결핍자'라고 부른다.

35

연애 한 번 못 해본 여자

사랑을 깨닫기 전까지는 여자도 아직 여자가 아니고
남자도 아직 남자가 아니다. 그러므로 연애는 남녀 모두
원숙해지기 위해 반드시 필요하다.

― 새뮤얼 스마일즈

심각한 부부갈등으로 내담한 아내들과 이야기를 나누다 보
면 의외로 결혼 전에 연애를 한 번도 해보지 못한 여성들을 자주 만나
게 된다. 그 이유는 여러 가지겠지만, 연애를 한 번도 해보지 못하고
처음 사귀어본 남자와 결혼하여 처음으로 강도 높은 이성 관계를 만
들어가는 여성들이 많다는 의미다.

정신분석가이자 발달심리학자인 에릭 에릭슨(Erik Erikson)은 '20대
가 되면서 시작되는 성인기의 심리적 발달 과제는 친밀감 형성'이라
고 말했다. 여기서 친밀감은 이성과의 교류에서 비롯되는 친밀감으
로, 이성관계를 통해 성 정체성(gender identity)을 굳건히 만들어가면
서 부모됨을 준비하는 것이 20대의 심리적 발달과제라는 이야기다.

그런데 이 과제에 도전하여 소기의 성과와 숙달감을 얻어내는 것이 결코 쉽지 않고 두려움마저 동반하는 일이기에 결국 이 시기를 그냥 흘려보내고 아무런 경험 없이 결혼하는 여성들이 있다는 것이다. 남녀관계라는 것은 실전이 중요하다. 실전을 통해 현실적으로 다듬어져야만 하는 내적 환상과 두려움들이 존재하기 때문이고, 나만의 체험을 통해 깨닫고 숙달되어야 하는 부분이 있기 때문이다. 그런데 이러한 실전을 겪지 않고 바로 결혼으로 진입했을 때, 이성에 대한 무지로 인해 결혼생활에 어려움을 겪는 것은 어찌 보면 당연한 일이다.

연애를 한 번도 해보지 못했다면 당연히 남자에 대해 섬세하면서 잘 분화된 눈, 경험에서 우러나오는 튼튼한 잣대를 만들지 못했을 것이다. 남자로 인해 상처를 받아본 적이 없으니 관계의 상처를 극복해본 값진 경험도 없을 것이다. 여자로서 자신이 무엇을 원하는지, 자신과 잘 맞는 남자가 어떤 사람인지, 사랑이 얼마나 좋은지, 사랑이 얼마나 허망한지, 스킨십은 어떻게 즐기며 조절하는 게 좋은지 등등을 체험하지 못했을 것이다. 이런 체험을 하지 못한 여자들은 나에게 '맞는' 남자를 고르지 못한다. 남자라는 '사람 거울'을 통해서만 알 수 있는, 여자로서 진정한 내 모습을 알지 못하는 것이다.

36
잘해주는 남자라면 만사 오케이?

여성들에게 남편의 어떤 점이 마음에 들어 결혼을 결심하게 되었느냐고 질문하면 "남편이 착해서요" 혹은 "나에게 잘하고 잘 챙겨주거든요" 같은 감정적이고 애매모호한 답을 하는 경우가 많다. 착하다는 것이 과연 무엇인가? 나를 잘 챙겨주는 것이 그렇게 결정적인가? 착한 것, 중요하다. 나에게 잘해주는 것, 물론 중요하다. 그러나 그것만으로는 불충분하다. 그것은 기본조건에 불과하다. 착한 것은 기본이고, 나를 잘 챙겨주는 것 역시 기본 중 기본이다. 그런데 착한 사람도 부부갈등을 겪고 내게 잘해주는 배우자도 나에게 상처를 준다.

남자들은 결혼 전에 여자들에게 왜 잘해줄까? 남자들은 연애 초기에 130퍼센트 가동된 구애 활동에 본능적으로 전념한다. 자신의 역량을 초과하여 '최선'을 다하는 것이다. 그렇기 때문에 목표달성(?) 후에는 쉬려고 한다. 오죽하면 셰익스피어가 "남자란 구혼할 때는 즐거운 4월이지만, 결혼하고 나면 12월이다"라고 말했겠는가. 결혼 전 구애 활동은 당연한 것이고 이후 관계가 안정되면 구애 활동은 하강하게 되어 있다.

37
좋은 품성이 중요하다

이성을 선택하는 데 있어 착한 것, 잘해주는 것에 **가장 중점을** 두는 이유는 이성관계에 대한 두려움이자 불안 때문이다. 그러나 그보다 더욱 중요한 점은 '좋은 품성을 갖춘 사람, 나와 잘 맞는 사람'을 알아보는 것이다. 그리고 하나 더 있다. 마음에 맺힌 게 적은 심플한 사람이 좋다. 심플하다는 것은 잔머리 굴리지 않고 쓸데없이 재지 않으며 느낀 대로 진솔하게 행동하는 사람을 말한다. 거짓과 허세가 적고, 얼굴 표정이 부드럽고 자세가 굳어 있지 않으며, 자신의 일에 만족하고 즐거워하는 사람이 좋다. '지금, 현재 비교적 행복한 사람'을 만나자. 그러기 위해서는 나 또한 좋은 품성을 갖추어야 하고, 독립적인 가치관을 지니고 있어야 한다. 아울러 나부터 먼저 내 현재 삶에 만족하는 법을 배워야 한다. 착한 남자, 내게 잘해주는 남자도 좋다. 그러나 그것에 목숨 걸지 말자. 그것은 결정 조건이 아니라 기본 조건일 뿐이다.

Sigmund Freud 1856-1939

Carl Gustav Jung 1875-1961

Melanie Klein 1882-1960

Harry Stack Sullivan 1892-19

38
결혼 전, 넘치게 연애하라

자신에게 맞는 결혼 상대자를 선택하기 위해서는 결혼 전에 낭만적인 사랑의 경험을 많이 해보길 권한다. 다양한 이성관계의 시행착오 속에 여성으로서, 남성으로서 자신을 느껴보고 상대방도 느껴보는 법을 터득해야 한다. 낭만적 사랑의 순기능과 역기능을 동시에 체험하고, 그리하여 '사랑을 조절할 수 있는' 성숙함을 결혼 전에 얻기 바란다. 그러기 위해서는 실질적이고 비교적 장기적인 연애 경험이 필요하다. 올바른 부부관계를 위해 치열한 상호교류가 발생하는 사랑의 경험이 반드시 필요하다. 그래야 환상과 현실, 매력적인 남성성과 남편의 역할이 조화를 이룬 올바른 배우자를 선택할 수 있으며, 사랑에 대한 환상도 건강하게 현실화시킬 수 있다.

39
과감히 이별하라

대인관계 능력이란 대인관계를 끊는 능력이다.

— 앨빈 토플러

만약 지금 만나고 있는 연인에 대한 불만을 5가지 이상 연달아 말할 수 있다면, 그 사람과의 관계는 신중히 생각해보는 것이 바람직하다. 내가 문제든 상대가 문제든 일단은 두 사람 사이의 '관계융화도'가 빈약한 것이다. 두 사람 모두 인간이기에 '나'의 심리적 문제가 더 깊을 수도 있고, 상대방이 이상한 사람일 수도 있다. 관계 불만들을 그냥 덮고 지나가지 말자. 심각하게 관계를 재검토하자. 상대방보다 내가 더 문제라면 문제 있는 나를 만나주는 상대방에게 감사하면서 자기혁신에 들어가고, 나보다 상대방이 더 문제라고 판단되면 과감하게 안녕을 고하자. 이런 과감함과 각성이 없는 한, 두 사람은 계속해서 피곤의 구렁텅이로 빠져들 수밖에 없다. 관계 악순환의 노예가 될 뿐이다.

살아가야 할 시간과 젊은 날은 유한하다. 지지부진 연애만큼 허송

세월하기에 딱인 아이템도 없다. 자신 있게 연애하고 당당하게 사귀
자. 그러나 문제 많은 연애라면 과감히 정리하라. 그렇게 스스로에게
뜻깊은 새 기회를 주어라. 그런 시간을 겪은 이후, 결혼했다면 이젠
진득해져라.

40
남자보다 남편을 골라야 한다

결혼을 하려면 '남자'보다는 '남편', 즉, '가족'을 고른다는 마음가짐을 가져야 한다. 그와 함께할 40여 년의 항해는 생각보다 풍랑이 많고 지루할 수도 있다. 매력은 있지만 항해에는 영 솜씨가 없는 남자는 힘겨운 항로를 헤쳐나가는 데 도움이 되지 못할 뿐더러 오히려 짐만 될 수 있다. 연애와 결혼은 남성과 여성이 만나 사랑을 나누고 같은 방향을 바라보며 꿈꾸는 것이다. 그러나 결혼은 두 사람의 사랑이라는 단순한 관계를 뛰어넘어 '가족'이라는 복잡 미묘한 책임 관계를 형성한다. 결혼은 가정을 만들겠다는 결단이자 의지의 표현이다. 가정이라는 개념 안에는 가족, 자녀, 생활, 현실, 미래와 같은 요소들이 전부 포함되어 있다. 결혼할 때는 가정을 꾸려나갈 수 있는 한 인간으로서 배우자의 역량과 심리적 안정도를 가늠해 보는 혜안이 필요하다. 배우자는 나의 남편 또는 아내의 위치를 넘어서, 가정이라는 사회를 이끌어나가는 중요한 한 축이기 때문이다. 배우자를 선택할 때는 그가 가족의 소중함을 인식하고 있는지, 남편으로서의 울타리 역할을 제대로 자각하고 있는지, 장차 아버지로서 자녀를 사랑하고 올바르게 훈육해 나갈 마음의 준비가 되어 있는지를 살펴야 한다. 가정이라는 것이 개인의 로맨틱한 사랑 못지않게 소중하며, 그것을 지키기 위해 때로는 개인적인 고통도 감수해야 한다는 것을 알고 있는지, 인간으로서 타인에게 연민과 동정을 가지고 있는지 점검해 볼 필요가 있다. 이런 부분에 초점을 둔 대화를 나누고 관심을 충분히 기울이도록 하자. 가정의 탄생은 엄숙한 것이다.

41
마음의 상처도 결국 아문다

"엄마, 상처가 아문다는 게 무슨 뜻이에요?" 종이에 손가락을 살짝 베인 딸이 닭똥 같은 눈물을 뚝뚝 흘리며 물었다. 딸아이의 손가락 상처를 치료해 주며 "아팠지? 피가 나서 놀랐겠다. 기다리면 상처가 아물 거야. 괜찮아질 거야"라는 나의 말끝에 나온 딸아이의 질문이었다. 나는 딸의 얼굴을 바라보며 말을 이어갔다.

"아문다는 건…… 상처 난 부분을 보면 벌어져 있지? 거기에 새살이 돋고 상처가 자연스럽게 낫는다는 뜻이야. 그런데 상처가 아물려면 시간이 걸려. 아물 때까지는 계속 아플지도 몰라. 그래도 시간이 지나면 상처가 아물어서 아프지 않게 된단다. 그때까지 시간이 걸려도 기다려야지. 하루 이틀…… 일주일…… 그럼 정말 괜찮아진단다."

딸아이는 나의 느릿한 이야기를 귀 기울여 듣더니 이내 고개를 끄덕이며 편한 얼굴로 잠들었다. 잠든 딸의 얼굴을 바라보며 나는 내 딸이 나중에 어른이 되어서 마음의 상처도 결국 아문다는 것을, 시간의 도움을 받을 수 있다는 것을, 주변 사람들이 도와줄 수도 있다는 것을 잊지 말았으면 좋겠다는 생각을 했다.

42
이별이 아픈 이유

모든 만남에는 헤어짐이 있기 마련이다.

— 패트릭 카네스

대상의 상실은 곧 '나'의 상실로 연결된다. 나에 대한 가치감
이 전면적으로 흔들린다. 가장 고통스러운 것은 나에 대한 의구심이
다. 내가 사랑받을 만한 자격이 있는가? 여자로서 혹은 남자로서 내
매력에 대한 의문과 실패감이 나의 상처를 후벼판다. 이별 후에 반사
적으로 파트너에게 분노를 터뜨리거나 큰소리치며 당당한 척 해도 마
음 한켠에서는 혹여 내가 문제의 원인이 아니었는지, 내가 사랑받을
만한 존재가 되지 못한 건 아닌지 내내 의심하며 괴로워한다.

사랑은 가슴으로 한다

이별은 왜 이렇게 아픈 것일까? 사랑은 가슴으로 하기 때문이다. 가
슴은 고통을 느낀다. 머리는 고통을 느끼기보다 고통 자체를 인식하고
판단하며 이를 다루려 한다. 가슴의 고통은 머리로 해결되지 않는다.

내 안을 다 보여주었다

사랑은 자기 개방이다. 사랑한 상대방에게 나의 가장 내밀한 부분까지 전부 보여주고 공유했기에, 이별 후에는 나의 내면 깊은 곳을 알고 있는 파트너를 상실했다는 박탈감에 시달리게 된다. 거울을 잃은 것이다.

원고통을 만났다

인간에게는 생존을 위해 의미 있는 관계를 추구하는 본능이 있는 만큼, 분리 앞에서 고통을 느끼는 회로 또한 지니고 태어난 존재가 인간이다. 사랑하는 사람과 이별하는 것, '의미 있는 타인(significant other)'을 상실하는 것은 인간의 가장 근원적인 고통이다. 애착관계가 깨졌기 때문이다. 관계의 단절은 관계의 죽음을 의미한다.

사랑이 주는 힘을 상실했다

사랑은 각박한 현실을 견디게 해주는 오아시스와도 같은 힘을 지닌다. 고되고 부당한 현실 때문에 고통을 느끼거나 실망했을 때 마음을 위로해 주고 그래도 견뎌낼 힘을 준다. 매일의 일상 속에서 스트레스를 받거나 거부당하고 좌절을 경험할 때도 우리는 사랑하는 연인, 가족이 있다는 생각에 보호받는 느낌을 유지할 수 있다. 그런데 이별은 그 사랑을 잃어버리는 것이다.

과도기가 도래했다

과도기란 우리에게 변화를 요구하는 시기로, 이전과 달라진 환경에 적응해야 하는 과제가 있다. 과도기에는 대개 불안과 위협감을 비롯한 스트레스가 유발된다. 이별은 대표적인 과도기로 현실적, 심리적으로 변해야 한다는 압력을 불러일으킨다. 이별이라는 과도기를 잘 소화하기 위해서는 감정 조절력, 자기가치에 대한 확신, 심리적인 독립성 등이 요구되는데, 이러한 심리적 자질을 발휘한다는 것은 결코 쉬운 일이 아니며 그 자체가 고통을 유발한다.

모든 사랑은 이별을 내포한다. 만남과 헤어짐의 인생사를 피해갈 사람은 없다. 그로 인한 상처에 면역력을 키우며 살아가는 법을 우리 각자가 터득해야만 한다. 그 터득 속에 성장의 부름켜가 숨어 있다.

43
이별 후에 홀로 된다는 것

이별 후에는 혼자가 되라. 이별은 고통, 슬픔과 함께 소중한 가르침도 남겨준다. 관계, 사람, 삶 그리고 나 자신에 대한 새로운 가르침. 이를 얻기 위해서는 홀로 애도의 기간을 보내야 한다. 모든 것이 죽고 떠나버린 그 자리에서 여전히 나 자신을 신뢰하는 생명력을 키워야 한다. 이별의 고통스런 감정, 애도 기간을 감당하지 못하거나 회피한 채 곧바로 다른 이성에 빠져드는 충동적 행동을 하는 사람들은 영원히 그 깨달음을 얻지 못한다. 이별 후 교훈에 대하여, 상실의 교훈에 대하여, 비워지고 채워지는 그 신비로움에 대하여, 나의 재생과 거듭남에 대하여. 성숙은 홀로 있는 시간에 슬픔과 분노를 마다하지 않고 끌어안는 자리에 피어나는 한 떨기 꽃이다.

44
이혼의 상흔을 인생에 녹여내라

내담자: 이혼 후 자신감을 많이 잃은 게 사실이에요. 제가 이혼까지 했는데 앞으로 좋은 사람을 만날 수 있을까요?

치료자: 이혼했다는 것, 마음 안에서 걸림돌이 될 수 있어요. 그러나 그 걸림돌에 걸려 넘어지지는 마세요.

이혼 전후로 개인 심리치료를 지속하는 한 여성이 있다. 그녀는 결혼생활과 이혼 과정에서 이루 말할 수 없는 아픔을 겪어야 했다. 하지만 그것을 있는 그대로 받아들였다. 삶의 격변기에 발생한 수많은 아픈 경험을 담대히 받아들이면서 독립적으로 극복하고 있었다. 그러던 어느 날, 슬픈 의구심이 그녀를 사로잡았다. '내가 앞으로 좋은 남자를 만날 수 있을까? 이혼까지 했는데 이런 나를 누가 받아줄 수 있을까?'라며 눈물을 떨구었다.

어떤 순간에도 인생에 대한 기대를 잃지 마라

이혼이라는 극적인 변화는 자신감을 앗아가고 뼈아픈 심리적 통증을 남긴다. 그래서 이혼녀 혹은 이혼남이라는 변화된 정체성을 온전히 받아들이는 데 수 년이 걸리곤 한다. 그 과정의 질곡은 당사자가 아니면 알 수 없다. 주변의 시선, 이혼했다는 낙인 아닌 낙인이 당사자의 마음을 얼마나 아프게 하는지 겪어보지 않은 사람은 알 수 없다.

나는 그녀에게 다음과 같이 이야기해 주었다.

"당신은 이혼이라는 과정 동안 이혼의 최대 과제인 '배우자 용서하기'를 훌륭히 이루어냈고, 결코 남 탓하지 않으면서 아픔을 스스로 감당하고 기꺼이 소화해 냈어요. 이 과정을 차근히 겪어낸 그 마음으로 세상을 보다 깊은 눈으로 볼 수 있게 되었고, 스스로를 새롭게 받아들이게 되었어요. 그럼에도 여전히 힘겹고 자신감이 없어지면서 위축될 수 있어요. 하지만 그게 삶이에요. '올라갔다 내려갔다'가 반복되며 살아가는 것이죠. 인간이라면 모두에게 공평히 적용되는 흐름이에요. 어떤 상황에서도 당신의 인생에 대해 확신에 찬 기대를 포기하지 마세요. 좋은 사람, 꼭 만나게 될 겁니다. 왜냐하면 당신이 좋은 사람이니까요."

45
노예 해방

현재의 관계건 과거의 관계건 한의 악순환을 종결짓기 위한
방법은 오로지 하나다. 바로 나를 아프게 하는 그를 용서하는 것이다.
그것 이외에는 방법이 없다. 그런데 용서라는 행위가 말처럼 쉬운 일
은 아니다. "내가 이렇게 억울하고 아픈데 어떻게 용서할 수 있지? 저
인간이 나를 얼마나 아프게 했는데! 자기 잘못도 모르는 저 사람을 어
떻게 용서해?" 용서라는 말만 들어도 화가 치솟아오른다. 당연하다.
하지만 잠시 멈춰 관점을 옮겨보자. '용서'에 대해 한번 생각해보자.
진정한 용서란 내가 아픔을 당한 그 시간과 상황을 슬픔과 함께 떠나
보내고, 이제부터는 현재를 살아가겠다는 용기 있는 결단이다. 과거
의 그 아픔에 더 이상 묶이지 않고 아픈 기억을 다른 방식으로 기억하
겠다는 의지적 결단이다. 과거에 일어난 일 자체를 바꿀 수는 없지만
과거 일에 대한 기억의 여파를 줄이겠다는 다짐, 더 이상 그 감정의
잔재에 묶여 미움과 억울함에 눌리지 않겠다는 결단, 한맺힌 분노의
색안경을 이제는 벗어버리겠다는 외침, 그것이 용서다. "사람들이란
누구나 뽑혀지지 않는 나무 밑동 같은 아픔을 갖고 있다"고 정채봉 시

인은 말했다. 우리 모두는 너나 할 것 없이 상처를 주고받으며 삶을 함께한다. 나 또한 그 누군가에게는 도저히 용서할 수 없는 사람일 수 있다. 더 이상 '내 상처, 내 억울함'에 빠져 적과의 동침을 지속하지 말자. 내 마음속 아픔과 상처를 받아들이고 품으면서 결국 흘려보내는 법, 특히 용서함으로써 아픔을 흘려보내는 법을 배워갈 수밖에 없다. 나만 억울하다고 생각하지 말자. 알고 보면 우리 모두, 각자의 아픈 운명을 지니고 있다. 마음을 한 번 크게 돌려 용서하라. 많은 것이 달라질 수 있다.

46
향기로운 용서

용서한다는 건 '내가 너를 용서해 준다'와 같은 권력 행사, 도덕적 우월함이 아니다. 용서는 자유다. 어디에도 더 이상 얽매이지 않는 참된 자유. 그러기에 용서의 최대 수혜자는 바로 용서하는 '나 자신'이다. 마크 트웨인의 아름다운 말을 기억하자. "용서란 구두에 짓밟힌 제비꽃이 그 구두에 남긴 향기다."

47
보답 받는 사랑

'보답 받지 못하는 사랑'에서 과감히 벗어나자. 사랑에 대한 너무 낮은 기대치 속에 자신을 가두어놓고 있다면 그것은 자기학대의 또 다른 얼굴이다. 비교적 균등하게 주고받는 사랑, 평균적인 보답을 받는 사랑이 건강한 사랑이다. 현실적인 사랑, 상부상조가 가능한 사랑을 하자. 조용히 있는 그대로 상대를 인정하면서 서로를 지속적으로 좋게 평가하고 서로에게 좋은 것들을 기쁘게 주고받는 사랑을 하자. 보답은 아름다운 것이니까.

48
땅따먹기

어느 날 사춘기인 딸아이 방 문에 "관계자 외 출입금지"라는 빨간색 글자의 플라스틱 명패가 떡하니 붙어 있었다. 그걸 보는 순간 나와 남편은 '과연 우리가 딸아이의 관계자일까'를 주제로 회의 아닌 회의를 했다. 그리고 딸의 의사를 일단 존중해 주기로 했다. 우리 가족을 한바탕 웃게 했던 이 에피소드는 가족 간의 경계에 대해 생각해 보게 한다.

사람과 사람 사이에는 '경계(boundary)'가 있다. 사람이 모이는 곳이라면 어디에서나 눈에 보이지 않는 경계가 있게 마련이다. 사람과 사람, 조직 내 구성원과 구성원, 시스템과 시스템의 안팎을 명료하게 구분하는 데 필요한 것이 바로 경계다.

나는 독립된 '나'인 동시에 '관계 안의 나'이기 때문에 나를 지키면서 건강한 관계를 맺어 나가려면 절대적이면서 또한 상대적인 경계를 감지하고 지켜나가야 한다. 그래야만 타인으로부터 간섭이나 침범을 당하지 않고 나 또한 타인을 침범하지 않으면서 살아갈 수 있다. 경계의 관점에서 보면 부부가 한 공간에서 살아간다는 것도 무척이나 어려운 일이다. 함께 산다는 것은 물리적 공간의 공유를 넘어 각자의 심리적 공간마저 공유하는 것이다. 심리적 공유는 불가피하게 개인의 경계를 위협하고 사적인 부분을 축소시킨다. 내가 아는 한 부부는 둘 다 매우 조용한 성격으로 7년여의 연애 끝에 결혼했다. 결혼 전 남자가 여자에게 이렇게 물었다고 한다. "그런데 혼자 있고 싶을 때는 어떻게 하지?" 이 질문은 바로 이러한 경계에 관한 물음인 것이다.

49
거리 두기의 미학

살아가면서 가장 중요한 태도 중 하나가 '거리 두기'다.

상황을 관조하고,
감정에 초연하고,
반응을 유보하고,
자아를 초월하는 성숙한 의지.

거리 두기라는 성숙한 기제를 활용하면 삶에서 불가피한 수많은 긴장과 갈등이 사라지게 된다. 그러면 그동안 보지 못했던 삶의 다채로운 아름다움을 새로이 발견하게 될 것이다.
거리 두기는 진정한 삶의 내공이다.

50
고부갈등 1
— 엄마 편? 아내 편?

결혼생활에서 배우자의 가족과 마찰을 겪는 것은 피할 수 없는 부분이다. 그렇기 때문에 갈등 상황을 만나면 자신을 보호하면서 상황에 적응할 수 있는 방법을 찾는 편이 현명하다. 여기서 가장 중요한 것은 남편의 역할이다. 결론부터 이야기하자면, 남편은 상황 여하를 불문하고 아내 편을 들어주어야 한다. 설령 아내의 주장이 불합리하고 미숙하다 하더라도 일단은 아내의 입장과 주장을 옹호해 주어야 한다. 더욱이 아내의 험담을 시댁 식구들 앞에서 해서는 안 된다. "이 사람은 내 아내다"라고 선언한 이상, 늘 아내를 보호하는 마음을 가져야 한다. 부부 간 문제는 옳고 그름의 잣대가 아닌 '무조건적 존중'과 '마음으로부터의 이해'가 중요하기 때문이다. 부부는 한 팀이자 결합체이고 아내가 마음 깊이 의지할 사람은 남편이기 때문이다.

어머니냐 아내냐, 그것이 문제로다
이러한 태도가 아들을 바라보는 부모 입장에서는 서운할 수 있다.

하지만 그건 부모의 몫이다. 부모는 적당한 때에 자녀를 심리적으로 놓아주고, 자녀의 가정을 존중하며 거리를 둘 수 있어야 한다. 부모는 '떠나 보내기'로 인해 불가피하게 발생하는 고독감을 견뎌내야 한다. 이것은 결코 쉬운 일이 아니지만, 자식을 결혼시킨 후 부모의 심리적 발달과제이므로 감당해야 할 일이다. 아들도 이러한 과정이 마음 편할 리 없다. 하지만 심리적으로 건강한 아들은 이를 견뎌낸다. 자신이 아내에게 향하게 된 것을 당연하게 여기고 이를 부모에 대한 배신이라고 여기는 이분법적인 사고에 빠지지 않는다. 부모와 거리를 두는 것에 대한 죄책감도 조절한다. 아들은 부모에 대한 애정이 변함없음을 믿지만, '현재 가족'을 보호하는 태도를 무엇보다 중요하게 여기는 성숙한 모습을 보인다.

가정 대 가정

아들 부부와 부모 부부는 각각의 '팀'으로서 동등하게 그리고 협조적으로 교류해야 한다. 팀과 팀의 마찰 시에는 일시적인 괴로움과 섭섭함, 서운함이 생긴다. 그러나 그것이 삶의 통과의식임을 인정해야 한다. 다니던 학교를 때가 되면 졸업해야 하듯이 '마무리'를 하는 의식이자 '새로운 시작과 도약'을 하는 의식임을 잊지 말아야 한다. 성장과 성숙의 과정에는 분리가 따른다. '떨어져 나간다'는 것은 결코 유쾌한 일이 아니다. 내가 원해서 떨어져 나간다고 하더라도 결코 상쾌할 수만은 없다. 가족 구도의 변화 속에는 가족 구성원 각자의 기대와 실망, 두려움이 뒤섞여 있다. 일정 부분 엇갈릴 수밖에 없다. 변화를 인정하는 것 자체가 쉬운 일이 아니지만, 결국 그 속에서 적응이 이루어진다. 100퍼센트 유쾌하고 상쾌한 변화는 있을 수 없다.

기세등등해지는 아내?

여기까지 이야기하면 남편들은 반문한다. 아내에게 무조건 동의해 주고 편을 들어주면 아내가 점점 기세등등해져서 엉뚱한 행동을 계속하거나 가족 내 불화를 조장하는 행동을 할 수 있지 않느냐고 말이다. 그렇지 않다. 일단 무조건적으로 아내의 편을 들어준 다음, 이해되지 않는 부분은 둘이 남았을 때 차근차근 물어보면 된다. 그러면 아내는 '남편이 나를 이해하고 보호해 주려 하는구나'라고 느끼면서 두 사람이 한 팀이자 공동체임을 인식하게 된다. 그리고 한 팀인 남편을 정서적으로 힘들게 하거나 곤경에 빠지게 하는 행동은 자제하게 된다. 남편에게 보호받는 안정된 느낌 속에서 아내는 남편의 사랑과 인내에 보답하고자 노력하는 것이다.

가족의 탄생! 변화를 받아들이자

남편들은 인식해야 한다. 자신은 어머니의 아들이지만, 이제는 한 여자의 남편이자 한 가정의 가장이라는 것을. 이는 '원가족(original family)'으로부터의 심리적 분리와 독립을 의미한다. 이러한 과정에서 마치 자신이 어머니나 형제와 멀어지거나 그들을 섭섭하게 하고, 더 나아가 배신하는 듯한 느낌이 들 수도 있다. 하지만 이는 애정이 알맞게 옮겨가 제자리를 찾아가는 '심리적 이유기'이자 '과도기'에서는 피할 수 없는 일이다. 새로운 하나의 인생이 완성된 후에야 진정으로 부모 형제와도 사이좋게 지낼 수 있는 것이다. 그때까지 서로가 참고 견디는 지혜를 발휘하자.

며느리 눈에는 보인다

남편은 부모의 비합리적이거나 그릇된 부분을 아내만큼 객관적으로 볼 수 없고 그럴 필요도 없을지 모른다. 하지만 아내, 며느리라는 존재는 수십 년 동안 나름의 의사소통 방식과 분위기가 형성되어 있는 한 가정에 불쑥 들어온 사람이다. 이 새 식구는 남편이 감지하지 못하고 있는 시부모의 문제점이나 무의식적으로 방치해 온 역기능적인 면들을 정확히 인식하고 꼬집어낸다.

아내, 며느리라는 존재는 그런 것이다. 문제가 크건 작건 며느리가 등장함으로써 남편 집안의 고정된 방어, 경직된 교류 방식, 가족 구성원 각자의 역할과 위상이 깨지며 '재정비해야 한다'는 메시지가 발생하는 것이다. 남편은 부모의 사고방식, 가치관, 행동 패턴을 아내의 그것들과 아우르면서 적절히 중재하는 역할을 해내야만 한다. 부부는 외부 세계에 대해 '한 단위, 한 팀'으로서 반응해야 하는 것이다. 남편이 시댁을 상대로 아내의 부족함을 들추거나 아내를 외롭게 한다면 '부부는 한 팀'이라는 유대 의식이 결코 만들어지지 않는다. 서로 싸우고 자기주장을 하면 팀 분열만 발생한다.

51
고부갈등 2
— 시어머니와 힘겨루기 하는 며느리

상담을 하다 보면 시어머니와 '힘겨루기' 하는 승부욕 넘치는 며느리들을 많이 만나게 된다. 이들은 사사건건 합리성과 논리성을 무기 삼아 시어머니의 모순을 입증하느라 혈안이 되어 있다. 합리적인 젊은 며느리의 눈으로 볼 때 시어머니는 고집스럽고 아집투성이인 옛날 분일 수 있다. 그러나 이러한 힘겨루기는 현명함이나 지혜로움과는 거리가 멀다. 오히려 '나만 옳다, 내가 대접을 받아야 한다'는 무의식적 오만함의 표현일 수 있다.

시어머니의 손발을 묶다

이런 힘겨루기의 일환으로 아내는 이제까지 해오던 시어머니의 역할을 축소시키거나 집안 내 위상을 깎아내리려는 시도를 은연 중에 하기도 한다. 설령 의도하지 않았다 해도, 아내는 자칫 자신의 경솔한 행동이 그동안 아들에게 자연스럽게 행해오던 부모의 역할을 축소시키거나 없애는 것이 될 수도 있음을 인식해야 한다. 아무리 성숙한 의식을 갖고 아들과 심리적 독립을 이룬 시어머니라 하더라도, 아들의 결혼을 통해 '어머니'로서의 역할과 위상을 잃게 되었다는 쓸쓸한 느낌을 받는다는 사실을 명심하자. 어머니로서는 '떠나보냄' 뒤에 따라오는 쓸쓸한 감정을 감당하기 어려워 섭섭하고 고독할 수밖에 없다. 그래서 이전의 역할을 완전히 버리지 못하고 '기득권'을 유지하려 한다. 반면 아내의 입장에서는 남편을 더 이상 시어머니의 아들로 두고 싶지 않다는 식의 '소유' 개념을 가지고 맞대응한다. 여기서 고부 간 갈등이 발생한다.

시어머니를 인간적으로 대하라

아내는 시어머니에게 기존의 기득권과 어머니로서의 역할을 행사할 수 있도록 기회를 제공하는 것이 좋다. 그러면 시어머니는 인정받고 있다는 자부심을 느끼며 우울한 생각에서 벗어날 수 있다. 그러나 보다 중요한 것은 시어머니와 경쟁하지 않고 시어머니의 심리적 기득권을 이해하면서 수용하는 마음가짐, 시어머니의 마음 깊은 곳을 진심으로 궁금해 하는 인간적인 호기심을 갖는 것이다.

시어머니는 친정 어머니가 아니다

또한 자신이 시어머니에게는 친정 어머니와 같은 마음이나 생각이 들지 않는 것도 자연스럽게 받아들여야 한다. 아무리 딸처럼 잘하려고 노력해도 그것이 잘 안 될 수밖에 없음을 인정해야 한다. 그저 때에 맞게 자신의 입장에서 할 수 있는 것을 다 하면 된다. 사실, 시어머니를 엄마라고 부르고 며느리를 딸이라고 생각하며 대하는 것 자체가 부자연스러운 것이다. 친정 어머니와의 관계는 수십 년을 쌓아온, 제삼자는 잘 알 수 없는 실타래 같은 사랑이다. 포도주처럼 숙성되어 온 사랑이다. 하지만 시어머니와의 관계는 그럴 수가 없다. 뜬금없이 만난 관계라고 해도 과언이 아니다. 따라서 시어머니와 인간적으로 친해지고 서로 잘 지내기 위해서는 여느 대인관계처럼 서로를 관찰하고 탐색하며 부딪치고 갈등을 해결하는 '탐색과 적응의 시기'가 필요하다. 많은 경우, 마치 엄마와 딸처럼 들떠서 과도하게 잘해주던 고부관계가 오히려 앙숙으로 변질되기도 한다. 엄청난 긍정적 기대는 좌절되기 마련이다. 엄연히 친부모, 친자식이 아닌데 그렇게 하려니 더욱 서먹서먹한 것이다.

시어머니와 잘 지내는 방법

심리적으로 자연스럽고 무리가 없는 것은, 우연히 어떤 아주머니와 친구가 되었다고 생각하며 적절하게 거리를 유지하는 것이다. 물론 자식의 입장이기 때문에 기민하게 상황판단을 하면서 눈치 빠르고 현명하게 대응해야 한다. 더불어, 시어머니와는 결국 '한 다리 건너 맺어진 가족'이므로 돈 문제와 같은 현실적인 문제들은 분명히 다루는 것이 바람직하다. '해서는 안 되는 말, 보여서는 안 되는 행동'이 있다는 것 또한 잊어서는 안 된다. 이것이 시어머니와 잘 지내는 방법이다. 며느리들이여, 오버하지 말고 천천히 가라!

52
위대한 그 이름, 아내

아내의 특별 임무는 가족들의 정서를 관리하는 것이다. 가족을 포함한 조직이 돌아가는 데는 합리적 의사결정이 중요한 축이 된다. 그러나 그것이 전부는 아니다. 살아 있는 조직, 활력 있는 집단이 되기 위해서는 또 다른 한 축인 정서가 뒷받침되어야 한다. 아내는 정서의 총사령관으로서 가족들이 뿜어내는, 혹은 구성원 각자의 마음 안에 억눌려 있는 정서를 간파하고 다루며 소화시키는 역할을 담당해야 한다. 아내가 항상 가족 구성원들의 마음을 살피고 정서 상태를 체크하면서 조율할 때, 그 가족은 정서적으로 풍요롭고 자율적인 가족이 될 수 있다. 정서가 억압된 가정은 구성원들 간 감정 교류가 적고 분노와 슬픔 같은 고통스러운 감정을 드러내지 못한다. 이러한 가정의 구성원들은 서로 단절되어 있거나 눈치를 살핀다. 아내는 가족 전체의 정서를 비롯하여 구성원 각자의 정서 상태를 느낄 수 있어야 하고, 이를 다루고 배출, 해소시키는 역할을 해야 한다. 가정의 정서는 상시 관리가 필요하다.

남편을 정서적으로 돌보라

정서 처리에 상대적으로 미숙한 남편들이 정서를 잘 조절하여 사회 생활을 해나갈 수 있도록 남편의 정서를 돌보고 지지해 주는 것은 아내로서 매우 중요한 역할이다. 아내는 남편이 자기통제력, 인내력을 발휘하여 일할 수 있도록 남편의 정서 상태를 섬세히 관찰하고 돌볼 필요가 있다. 남편의 정서 상태를 있는 그대로 받아들이면서 기다리고 지지하고 격려하는 등 상황에 맞게 유연히 대처하는 것이야말로 아내의 지혜로움이다. 남편의 정서적 스트레스를 기꺼이 담아내는 든든한 그릇이 되어주는 것이 아내의 빛나는 역할이다. 아내들이여, 남편을 정서적으로 끌어안아라.

53
갈등이 누적된 두 사람의 관계를
풀어가기 위한 마음가짐

1. 이것저것 재지 말고 상대방이 원하는 것을 내가 먼저 해주기

나에게 햇살을 주는 사람, 나를 위해 애쓰는 사람을 아프게 하려는 사람은 없다. 따라서 갈등을 풀기 위해서는 상대방이 나의 사랑과 존중을 받고 있다고 분명히 느끼게 해주는 것이 중요하다. 가장 강력한 방법은 내가 '먼저' 손 내밀고 다가가서 좋은 것들을 주는 것이다. 사랑, 친절, 용서, 신의, 다정함을 먼저 건네주어라.

2. 원인과 결과를 따지는 대화 패턴 바꾸기

"당신이 내게 여자 문제로 상처를 주었으니까 내가 그렇게 말할 수밖에 없어" "당신이 나를 무시하니까 내가 그런 말을 하는 거야"라는 식으로 시시콜콜 원인과 결과를 따지는 대화 패턴을 과감히 바꿔야 한다. 끊어버려야 한다. 언제나 현재에서 시작하라.

관계 갈등은 함께 풀어가는 것이다. 내 몫도 있지만 그렇다고 나 혼자 다 할 수 있는 건 아니다. 스스로 내 몫의 노력을 하면서 상대방에게 도움이 필요함을 간절하고 진실되게 말하는 것이 좋다. 가능한 한 구체적으로 "나의 이런 부분, 이런 욕구, 이런 어려움을 도와주면 좋겠다"라고 우호적으로 말하라.

54
적어도 50퍼센트는 내 문제

성격은 내 행위의 결과다.

— 아리스토텔레스

이혼 사유 중 가장 흔하게 거론되는 '성격 차이'란 무엇일까? 성격이 맞지 않는다는 것은 배우자가 기대만큼 내 욕구를 만족시켜 주지 않는다는 것을 의미한다. 부부가 의견을 조율하는 과정에서 협력에 실패하고 상대방에게 화가 날 때 우리는 흔히 '성격 차이가 난다'라고 표현한다. 성격 차이를 호소하면서 클리닉을 찾은 부부들을 살펴보면 실제로 그들을 압도하고 있는 것은 성격 차이라기보다는 서로에게 '매우 화가 나 있는 상태'인 경우가 허다하다. 실제로 성격이 잘 맞지 않는 부부도 있지만, 성격 차이가 관계의 파기를 이끌 정도라면 상당 부분은 자신에게도 문제가 있다고 보는 게 맞다. 우리 삶은 '나와 성격이 맞지 않는 사람과 어떻게 하면 잘 지낼 수 있을까'를 고민하는 가운데 성장하기 때문이다. 어떤 상황이든 적어도 50퍼센트는 자신의 문제라는 것을 잊지 말자.

55

부부싸움의 기술과 원칙
— 사각의 링을 떠올리며

싸움에도 기술과 원칙이 필요하다. 기술과 원칙을 실천하면 싸움의 빈도와 강도가 감소한다. 다음의 10가지 사항을 살펴보자.

1. 싸움을 시작할 만한 사안인지 아닌지를 먼저 재빠르게 가늠한다

싸움은 속성상 감정적이고 소모적으로 흐르기 쉽다. 불필요한 싸움은 사람을 지치고 병들게 만든다. 싸움이라는 방법을 통해 부분적으로 개선되거나 해결 가능한 사안인지 아닌지 먼저 재빠르게 가늠하는 것이 좋다. 아울러 '그 사안' 전체를 한꺼번에 모두 다루기보다는 해당 사안의 '일정 부분'에 초점을 맞추어 구체적으로 시작하는 것이 좋다.

2. 상대방의 눈을 바라보며 마주 앉아서 싸운다

싸움도 이유가 있어서 하는 것이다. 이왕 에너지를 들여 싸움이라는 방법을 선택했다면 정식으로 태도를 갖추는 것이 필요하다. 상대방의 눈을 회피하는 것은 의사소통의 장애물이다. 눈을 바라보며 서로의 '심정'에 다가가고 그것을 느껴보는 것이 중요하다. 아울러 일어서서 싸우면 금방 공격적이 되거나 도망가는 행동이 나오기 쉬우므로 앉아서 싸우는 것이 좋다.

3. 불만사항을 먼저 이야기하지 말고, 내 느낌과 소망을 먼저 전달한다

배우자를 공격하고 비난하기 위해 대화를 시작하는 것이 아니라, 서로를 이해하고 문제 상황을 개선하기 위해 배우자에게 협조를 요청하는 것이 목적이라는 긍정적인 의사를 먼저 전달하면 배우자는 방어의 벽을 낮추게 된다.

4. 싸움 중에 상대방을 공격하거나 비난하는 말을 삼간다

상대를 공격하는 것이 아니라 문제 상황을 중심으로 싸움을 해야 한다. 특히 배우자의 성격이나 됨됨이, 인격을 문제 삼는 것은 바람직하지 못하다.

5. 싸움이 격해진다 싶으면 내가 먼저 브레이크를 밟는다

가속화되는 싸움은 서로에게 급격한 상처를 남긴다. 상황이 분노와 함께 가속화된다 싶으면 내가 먼저 마음의 브레이크를 걸고 냉정을 되찾자. 심호흡이 도움이 될 것이다.

6. 해당 사안의 초점에서 벗어나는 화제가 대두되면 즉각 주의를 돌려 싸움의 사안과 초점으로 되돌아온다

싸움 중에 감정적이 되면 집중력도 흐트러지고 싸움이 방만하게 흐르기 쉽다. 게다가 화가 나면 과거의 불쾌했던 일들도 한꺼번에 떠오른다. 항상 지금 내가 하는 말이 싸움의 초점에 맞는지 점검하고 해당 사안에서 벗어나지 않기 위해 의식적으로 노력하는 것이 중요하다.

7. 싸움의 전체 시간이 15분이 넘지 않도록 한다

싸움이 길어지면 효율성이 급격히 떨어진다. 단시간 안에 자신의 의사를 분명하게 표현하고 상대방에게 생각할 시간을 주는 것이 필요하다. 따라서 싸움이 15분을 넘기면 잠시 멈추고 20분 가량 휴식을 취한 후 다시 이야기를 시작하자.

8. 섣부른 화해 시도, 사치스런 선물이나 섹스로 화해 시도하기 등은 삼간다

싸움으로 인한 분노, 화, 좌절감, 실망감 등의 감정은 일정 시간 동안 지속된다. 따라서 각자가 이러한 감정을 가라앉히고 살피는 시간을 가지는 것이 중요하다. 충분한 시간 없이 섣부르게 화해를 시도하는 것은 문제 상황을 일시적으로 덮어버리는 것에 불과하다.

9. 싸움 후 각자 혼자 생각하는 시간을 마련한다

싸움 상황에서 서로 급격하게 의견을 주고받다 보면 생각할 거리들이 늘어나게 된다. 아울러 싸움 중에 수반된 감정들이 가라앉는 데는 시간이 걸린다. 따라서 싸움 후에 부부는 자신의 느낌과 생각, 배우자의 요구와 소망 등을 되새기고 점검하는 '혼자만의 시간'을 갖는 게 좋다.

10. 싸움 후 일정 시간이 지나면 화해를 시도하는 관계 회복의 여유를 갖는다

싸움은 관계 회복으로 마무리되는 것이 바람직하다. 화해하지 못하는 부부, 용서하지 못하는 부부가 싸우는 것보다 더 큰 문제다. 싸움을 화해로 잘 마무리하면 문제 상황의 개선에 큰 도움이 된다. 싸움 후에 화해하는 부부는 자녀들에게도 좋은 모범이 된다.

56
싸움은 짧고 집중력 있게

싸움이라는 방법은 공격적인 방법이기 때문에 갈등 해결에 있어 최적의 방법이라 할 수는 없다. 하지만 평범한 인간인 이상 늘 합리적이고 이성적일 수만은 없는 게 자연스런 우리의 모습이다. 특히 애정과 분노, 만족과 실망이 뒤엉켜 있는 부부나 가족과 같은 관계에서 싸움이 발생하면 그 누구라도 감정적으로 퇴행하기 마련이다. 두 사람 모두 분에 겨워 싸움 상황이 길어지는 건 다반사다. 게다가 세월 속에 묵혀두었던 갈등과 배우자에 대한 감정들이 한꺼번에 솟아올라 싸움은 끝없이 이어지게 된다. 싸움이라는 상황은 예민한 신경 전인지라 그 시간이 길어지면 서로 더욱 과민해지고 상대방이 미워진다. 따라서 싸움이 시작되었다면 싸움의 이유를 잊지 말고 가능한 한 빠른 시간 안에 조속히 싸움을 매듭짓는 명민함이 필요하다. 이것이 바로 생산적인 싸움이다. 이를 위해서는 집중력도 필요하다. 싸움 상황을 야기한 사안에서 벗어나지 마라. 그렇지 않으면 부부싸움은 정말로 지지부진해진다. 만일, 부부관계를 붕괴시킬 정도의 영향력을 갖는 결정적 사건이 발생했다면, 그것은 정말로 '싸울 일'이 아니다.

그것은 '정신 차리고 해결해야 하는 일'이다. 그럴 경우에는 싸움과 같은 공격적인 해결 방안이 아닌 냉정하고 분석적인 자세를 취하면서 합리적인 방안을 강구해야 한다.

배우자에게 자신의 불만 사항과 갈등을 명확하게 '알린다'는 관점으로 싸움 상황을 단순화시켜야 한다. 배우자를 굴복시키겠다는 마음가짐으로 달려들거나 자신의 뜻을 관철시키겠다는 식의 전투적 자세는 싸움을 더 크게 만드는 것밖에 되지 않는다. 결국 서로 끝없는 생채기만 내는 꼴이 되어버린다. 싸움은 짧게, 소규모로, 한 가지 사안에 초점을 맞춰 집중력 있게 진행하고 마무리 짓자. 배우자와 한두 해 살고 말 것이 아니라면 말이다.

57
분노, 뜨거운 감자 넘기기

대화 패턴 중 흔히 관찰되는 것은 "모두 너 때문이야"라며 갈등 상황과 분노의 원인을 배우자로 몰아세우는 태도다. 갈등 상황에서 공동 책임을 지지 않고 모든 걸 배우자 탓으로 넘겨버리는 것은 자기정당화에 지나지 않는다. 모든 것의 잘잘못을 따지면서 내 위주로 상황을 해석하는 자기중심적 마음을 가지고 있는 한 분노만 치솟아 오른다. "네가 나를 화나게 만들었어" 같은 책임전가식 논리에서 벗어나자. 그것은 비겁한 자기방어일 뿐이다. 이러한 생각을 품고 있는 한 우리는 끝까지 상대방을 탓하는 마음에 사로잡혀 분노는 지속되고, 그 결과 자꾸만 상대방을 괴롭히거나 처벌하고자 하는 생각에 빠져들게 된다. 분노의 노예가 되는 것이다. 정신적으로 건강하다는 것은 자신의 분노 반응을 스스로 책임지며 갈등 상황에 접근하는 것이다. 분노를 완전히 인식하고 해소하고 싶다면 우리는 자신의 분노에 대한 책임을 상대에게 돌리지 말아야 한다.

58
분노의 주인은 바로 나

분노는 자신의 내면에서 나오는 것이다. 결코 타인이 내게 주는 것이 아니다. 외부 자극은 자극일 뿐 분노의 원인이 될 수 없다. 양동이에 물이 많이 담겨 있으면 외부의 작은 흔들림에도 쉽게 넘쳐 버리는 현상과 같다. "화는 내가 내는 것이므로 변화해야 하는 것도 바로 나다"라는 심리학자 리처드 칼슨(Richard Carlson)의 말을 기억할 필요가 있다. 분노는 내 생존을 위해 필요한 경고 정서로, 무엇인가 잘못되어 가고 있다는 것을 내게 알리는 심리적 임무가 있다. 그것으로서 분노의 임무는 끝이다.

59

화낼 것인가, 말 것인가

살아가면서 화와 분노가 일어나는 것은 지극히 정상이다. 그러나 '화를 내는 것'과 '화가 났다는 것을 알아차리는 것', 그리고 '화가 났다고 말하는 것' 사이에는 아주 큰 차이가 있다. 화가 났다고 해서 화를 곧바로 분출하고 분노로 상대에게 상처를 준다면, 그것은 분명 잘못이다. 분노를 다스리지 않으면 분노는 지적, 공격, 비난, 경멸의 얼굴로 변신하여 상대방 가슴에 깊은 생채기를 남긴다. "상대에게 화를 내는 것은 내 발에 돌이 굴러와 채였는데 (혹은 내가 길바닥의 돌에 걸렸는데), 돌에게 화내는 것과 같다"고 쇼펜하우어는 말했다. 타인에게 분노를 쏟아내고 화내는 것은 결국 무익하고 부질없는 일이다.

60
우물 파기보다 물길 만들기

사람들은 특정한 누군가에게 "내게 사랑을 줘"라 말하며 한 사람을 '콕' 찍어 그 사람만을 바라보고 사랑을 강렬히 원하는 습성이 있다. 그런데 사랑이란 세월 따라 마음 따라 식어버리거나(?) 이리저리 변하는 속성이 있어, '그 사람'도 '그 사랑'도 더 이상은 위안이 되지 못하는 시점을 만나게 된다. 그렇다면 영원히 사랑받고 싶은 우리는 어떻게 해야 하는가.

방법은 하나다. 상대방에게 "내게 사랑을 줘, 확신을 줘" 하며 요구하고 받기만 하려는 유아기적 사랑 태도에서 과감히 벗어나 내가 먼저 사랑을 주는 것, 배우자를 곁에 있는 '감사한 존재'로 바라보는 것, 이렇게 하는 것이 성숙한 사랑의 유일한 해법이다. 이를 '상대방에 대한 배려'라고 말하는 사람들도 있다. 배우자가 주는 사랑이 때로 좀 불완전하고 모자라 보여도 일단은 감사하자. 애정결핍감과 허기감은 누가 채워준다고 하여 채워질 수 있는, 종착점이 있는 욕구가 아니다. 성숙한 공존, 아름다운 사랑은 서로의 욕구를 채워주는 데 급급한 모습이 아닌, 광범위하게 회전하며 함께할 때 그 공간에서 꽃피는 것이다. 내 욕구가 중요하듯 상대방의 욕구도 중요하다는 깨달음이 실천으로 옮겨지는 것이다. 이것이 성숙한 사람들의 성숙한 사랑이다. 사랑을 받는 것보다 더 중요한 것은 사랑을 함께 나누는 것, 사랑의 기쁨을 함께 공유하는 것이기 때문이다.

61
사랑하는 능력
사랑을 조절하는 능력

> 누군가를 사랑한다는 것은 인생 과업 중
> 가장 어려운 마지막 시험이다. 다른 모든 것은 그 준비 작업에 불과하다.
>
> — 라이너 마리아 릴케

상대방을 소유물로 여길 때 사랑 조절은 어려워진다. 미국의 정신과 의사이자 정신분석가인 해리 스택 설리반(Harry Stack Sullivan)은 다음과 같이 말했다. "사랑이란 타인의 만족과 안전이 자기 자신의 것처럼 중요하게 여겨질 때 존재하는 것이다." 이 말에서 보듯 사랑을 조절하기 위해서는 우선 타인의 마음을 내 것처럼 소중히, 그리고 조심히 여기는 마음이 전제되어야 한다. 사랑 조절이 되지 않는 사람들은 내가 과연 상대방을 하나의 존재로 바라보고 있는지 자문해 보아야 할 것이다.

사랑은 무조건 퍼붓는 게 아니라 상대가 도움을 요청할 때, 상대가 원할 때 가능한 바로 나타나주는 것이다. 사랑에는 반응성과 민감성이 중요하다. 어떤 방식으로든 서로 연결되어 있는 그 상태가 중요하다. 상대방이 무엇을 원하는지 정확히 느끼고 알기 위해 늘 상대방에게 깊은 관심을 가지고 관찰하는 것, 그리고 거기에 맞게 상대방에게 잘 조율된 사랑을 주는 것, 그것이 사랑이다.

62
사랑 조절은 부모의 자격 요건

사랑을 조절하는 능력은 부모로서도 필수 조건이다. 부모가 자녀에 대한 사랑과 애착을 조절하지 못할 때 자녀는 질식한다. 사랑 조절을 하지 못하고 과잉보호하는 부모는 불안하고 위축된 자녀를 키워내고, 사랑이라는 미명 하에 무엇이든 다 해주는 부모는 버릇없는 자녀를 키워낸다. 부모의 비뚤어진 사랑 분출은 자녀의 참자기(true self)를 훼손시킨다. 과도한 일광욕에 화상을 입는 것과 마찬가지다. 부모 자녀 간의 진정한 사랑은 '사랑과 훈련'이 함께하는 잘 조절된 사랑이다.

성숙한 사랑은 하루아침에 이루어지는 것이 아니다. 시행착오 속에서 사랑 조절 능력을 지속적으로 학습해 나가는 끈기가 필요하다. 프랑스의 소설가 아나톨 프랑스(Anatole France)의 말을 떠올려본다. "우리는 말하면서 말하는 법을, 공부하면서 공부하는 법을, 일하면서 일하는 법을 배운다. 마찬가지로 우리는 사랑하면서 사랑하는 법을 배울 수 있다."

63
과거는 과거, 현재는 현재

'망각'은 가장 좋은 인간관계다.

— 왕멍

과거를 어떻게 다루는지가 개인의 현재와 미래, 즉, 삶을 결정한다. 과거의 내 행동, 내가 겪었던 일들, 그 속의 사람들을 어떤 방식으로 기억하고 있는가. 과거 중에는 그냥 품고 가도 괜찮은 과거도 있지만 정리하고 떠나보내야 하는 과거도 분명 존재한다. 이것을 잘 변별하지 못하면 우리는 과거의 사슬에 묶이게 된다. 과거의 기억, 감정적 잔재가 지금도 여전히 당신을 괴롭히고 있는가?

과거라는 이름의 드라마

인간으로 태어난 이상, 우리는 살아가는 방법을 깨닫고 배울 필요가 있다. 말하기를 배우고 자전거타기를 배우고 사랑하는 법을 배우듯이 말이다. 과거에 대해서도 마찬가지다. 과거를 다루는 법을 배워야 한다. 과거의 행동은 후회의 대상, 곱씹음의 대상이 아니라 깨달음의 대상이다. 어찌 보면 이 세상에서 가장 불행한 자는 과거의 행동에서 깨달음을 얻지 못하는 사람이다. 그래서 현재의 행동이 과거행동의 복사판인 사람 말이다. 그런 사람들은 과거를 결코 잊지 못한다. 아니 잊지 않는다. 특히 자신에게 아픔과 괴로움, 상처를 준 사람들을 잊지도 못하고 용서하지도 못한다. 나날이 미움과 원망, 억울함이 커져가는 건 당연하다. 원망과 한이 많을수록 과거의 기억은 생생함을 더해간다. 과거가 현재를 지배하는 형상이 되어버린다. 16년 전 남편의 잘못을 결코 잊지 않고 지금도 계속 말하는 아내, 20년 전 시어머니의 막말을 지금도 되새김질 하는 며느리, 5년 전 나를 배신한 애인을 잊지 못하는 남자, 1년 전 내 뒷통수를 친 친구를 계속 험담하고 다니는 여자, 1달 전 자신의 실수를 잊지 못하고 '나는 참 못났다, 내가 그렇지, 뭐'라며 매일 매일 자기비하 속에서 일도 제대로 못하고 있는 사람, 2년 전 실패경험 이후 '난 뭘 해도 안돼'라며 열등감에 짓눌려 그 어떤 도전도 하지 못하는 사람. 그들에게 현재란 없다. 과거에 매몰되어 있을 뿐이다. 어느 새 과거의 포로가 되어 버렸다.

'과거를 잊는다'의 진정한 의미

과거의 일들, 그 자체에 빠져들지 마라. 중요한 건 과거의 일들을 지혜롭게 해석하는 자세다. 과거에서 지식과 교훈, 지혜를 얻었다면 이제는 과거를 잊어라. 더 이상 들추어내지 말고 마음에 묻어라. 이미 지나간 일들을 더 이상 통제하려 들지 마라. 깨닫고 바로 서면 그것으로 충분하다. 평안하게 현재를 살아가기 위해서는 '망각'을 적절히 활용하는 것이 도움이 된다. 망각은 단정한 정리, 용서의 또 다른 이름이며 오늘과 내일을 온전히 살아가겠다는 결단의 표현이다. 망각이 필요하다. 과거는 과거, 현재는 현재니까.

64
진실과 마주하라

적어도 하루에 한 가지씩 고통스러운 진실을 인정하라.
사람들이 사실을 인정하기 싫어하고 가공의 신화라는 따뜻한 외투로
자신을 감싸고 싶어하는 주요한 이유는 두려움이다.
— 버트런드 러셀

"만약 네가 진정한 정신분석가가 되고자 한다면 너는 개인적
진실과 과학적 진실을 포함한 모든 진실을 지극히 사랑해야만 한다.
그리고 네 마음에 들지 않는 사실을 알게 되는 고통 속에서도 진실을
인정해야만 한다. 그러한 진실이 외부 세계에 대한 것이든 네 자신의
내면적 세계에 대한 것이든 마찬가지다." — 정신분석가 안나 프로이트
(Anna Freud)가 정신분석가를 꿈꾸는 14세 소년의 편지를 받고 보낸 답장 중에서

"치료를 하다 보면 때로 모순에 부딪치기도 한다. 정신분석학이 기
본으로 삼는 최고의 가치는 진실이다. 정신을 분석하는 이유는 환자
가 진실 앞에서 더욱 강해지고 성숙해질 수 있도록 돕기 위한 것이다.

진실을 찾아내면 그동안 심리적으로 억압당했던 증상들이 사라진다." — 정신분석가 볼프강 슈미트바우어(Wolfgang Schmidbauer)

'현실'이 진실이다. 지금, 여기서 벌어지고 있는 일이 진실이다. 그런 진실을 외면할 때 삶은 기형화되기 시작한다. 기형화된 삶의 그림자는 자녀에게 고스란히 영향을 미치며 대물림된다. 부부관계가 좋지 않은데도 외부인들에게 잉꼬부부처럼 행세하며 사는 사람들, 마음은 불행으로 가득한데 아무 문제 없는 것처럼 연극하는 사람들, 경제적 상황이 악화되었는데 여전히 허세부리며 떵떵거리는 사람들, '왕년의 잘난 나'만 외치며 사는 사람들, 늙음을 인정하지 못하고 각종 시술의 힘으로 여전히 자신은 젊다고 우기며 사는 사람들……. 이 모두가 자신의 진실을 외면하고 사는 사람들이다. 만인의 사랑과 인정을 잃을까봐 두려워 발버둥치고, 현실의 명백한 증거를 애써 외면하며 거짓으로 살아가는 것이다.

안나 프로이트의 말처럼, 내 마음에 썩 들지 않는 지금의 현실에 맞닥뜨리는 '그 순간', '그 사실들'을 자각하면서 괴로움을 느끼게 되더라도, 우리는 그것을 받아들여야 한다. 타인이나 외부 세계에 관한 것이든, 나 자신에 관한 불편한 감정들, 즉, 열등감 등의 내면세계에 관한 것이든 말이다.

지금 당신 마음에 들지 않는 사람이 바로 당신의 배우자라는 사실,

되돌리고 싶은 당신의 결혼생활이 바로 당신의 결혼생활이라는 사실, 이 모두가 바로 당신을 둘러싼 바로 '지금'의 '진실'이다. 비록 썩 마음에 들지 않고, 부정하고 싶을 만큼 일그러져 있지만 말이다. 이 마음에 들지 않는 '분명함'을 책임감 있게 끌어안고 재생을 위한 단초를 찾을 수 있는가? 피하거나 원망하지 않고, 책임 있게 받아들이고 수정하며 가는 것, 그것이 진정한 용기이자 자유다. 나 자신이 속해 있는 현실과 진실의 '그 상태, 그 생김새' 안에서 해법을 찾아야 한다.

현실과 진실을 받아들이자. 결혼생활 이전에 '나'를 먼저 돌아보고, 외부세계 이전에 '나의 내면'을 먼저 돌아보고, 과거의 나, 환상, 꿈 이전에 '나의 현실'을 먼저 돌아보고, 원망을 표현하기 이전에 '감사함'을 먼저 느껴보자. 이것이 성숙한 책임감이자 극복과 성장의 열쇠가 된다. 톨스토이의 "아무것도 감출 필요가 없는 삶, 그와 동시에 자기가 한 일을 사람들 앞에 특별히 자랑하지 않는 삶을 살라"는 말을 기억하자. 진실은 그렇게 투명하고 자유로우며 고요한 것이다.

65
눈엣가시

눈엣가시인 사람이 너무 많다는 여성을 상담했다. '눈엣가시'인 사람이 많다는 건 곧 자신의 마음이 가시밭이라는 의미다. 마음이 가시밭인 사람은 작은 자극에도 아픔을 느끼고 불평불만이 반사적으로 튀어나온다. 내 가시에 내가 찔리기 때문이다. 마음의 가시밭은 시기심, 질투와 관련이 깊다. 상대방의 모습을 있는 그대로 바라보고 인정하며 적절하게 거리를 두면서 둥글게 가야 하는데, 사안마다 내 의사를 앞세우고 내 판단을 내세우며 자신을 언제나 '위'에 놓을 때 타인은 눈엣가시가 된다.

며느리 입장에서 볼 때 시댁 식구 중 시어머니나 시누이, 동서처럼 같은 여자끼리 서로 가시의 대상이 되기 쉽다. 물론 처음에는 시댁식구들에게 열린 마음으로 성의를 다한다. 새 식구에게 속하고 싶고 인정받고 싶기 때문이다. 그러나 내 마음 같지 않은 시간과 사건들 속에서 사랑받고 싶었던 마음이 좌절되면, 그 자리에 어느새 미움과 원망이 싹트고 가시가 돋아나 박혀버린다. 그러나 그렇다 하더라도 그 가시라는 색안경으로 타인을 습관적으로 비판하는 일은 경계해야 한다.

물론 보는 이 다수가 동의할 정도로 이상하고 불편한 사람이 있기 마련이다. 그렇다고 해서 그 사람이 모두에게 미움을 받아야 마땅한 것은 아니다. 누가 누구를 단죄하겠는가? 크게 이상하다고 여겨지는 사람을 만났다면 그 사람과 거리를 두면 그만이다. 그 사람을 곁에 두고 가시 삼아 불평하고 미워하며 시간을 허비하지 말라.

정신과 의사 데이비드 호킨스(David R. Hawkins)는 "가장 빈번하게 증오를 일으키는 방아쇠는 자기애적 에고와 욕구불만이다"라고 했다. 사람들에 대한 증오가 많고 사사건건 불만이 많다면, 그건 타인의 요인이라기보다 자기 안의 비뚤어진 에고와 욕구불만을 먼저 지적해야 옳다. 욕구불만을 해소할 수 있는 현실적인 해결책을 찾아야 한다. 그대로 계속 갈 수는 없다. 긍정적인 삶을 살아야 하지 않겠는가. 인격이 성숙해지면 불만, 분개, 격노, 자기연민, 비난 대신 너그러움과 감사함이 충만해진다. 매사에 감사하며 평화롭게 살고 싶지 않은가.

66
평가보다 관찰

데이트는 남녀가 동등하게 서로를 관찰하는 과정이다. '나를 보여주고 너를 알아가는' 과정이다. 그러면서 함께 앞으로 나아갈 것인지 아닌지를 같이 검토해 보는 전초전인 것이다. 상대방에게 너무 잘 보이려고 애쓰거나 상대방의 마음을 얻기 위해 과잉노력을 하거나 상대방의 허점을 찾아내려고 눈에 불을 켜는 한, 상대방의 진가를 평가하기 어렵고 자신의 느낌을 제대로 파악하지 못하게 된다. 그렇게 되면 데이트는 즐거움이 아니라 불안으로 변한다.

67
데이트라는 한 편의 공포영화

데이트는 공포영화의 요소도 가지고 있다. 데이트의 가장 큰 위험 요인은 소위 '내가 차일 수도 있다'는 냉정한 사실이다. 상대 이성으로부터 어느 날 갑자기 연락이 뚝 끊길 수도 있다. 거부를 당할 수도 있다. 그래서 우리는 데이트할 때, 상대 이성에게 어떤 '확신'의 징표를 끌어내고 싶어한다. 확실한 관계에 대한 갈망, 안착에 대한 갈망인 것이다. 이런 마음이 생기는 것은 지극히 정상이다. 인간의 마음 깊은 곳에는 누군가로부터 인정받고 사랑받고자 하는 여린 마음이 본능처럼 숨 쉬고 있기 때문이다. 하지만 이런 갈망이 너무 앞선다면 문제가 된다. 대인관계에서 '확신'이라는 것은 참으로 애매모호하다. 누가 누구에게 확신을 주는가? 무엇이 확신을 주는 행동인가? 어쩌면 대인관계에서 확신은 영원히 잡을 수 없는 것일지도 모른다. 부부들의 상당수가 이혼으로 끝나는 현상만 보더라도 관계에서의 확신이 얼마나 허망한 것인지 알 수 있다.

확신은 말로 하는 것이 아니다. 서로가 만들어가고 쌓아가는 것이다. 작은 확신이 모여 신뢰가 되고 탄탄한 정서적 유대감을 이루는 것이다. 너와 나의 모자이크인 것이다. 데이트 초기라면 확신에 너무 연연하지 마라. 당신도 그에게 확신을 주기 어렵지 않은가? 확신은 누가 준다고 하여 얻어지는 단순한 것이 아니다. 위험을 감수하고 일단 신나게 도전하라. 최악의 경우, 차이면 또 어떤가. 극복하면 된다. 세월이 흘러 중년이 되어보니 젊은 날 '차인 기억'마저도 아름답다. 그때 흘린 눈물로 성장할 수 있었으니 말이다.

68
희생도 지나치면 독이 된다

희생의 의외성

1. 희생만으로는 사랑의 결실을 이루기 어렵다.
2. 희생은 의외로 상대를 숨막히게 할 수 있다.
3. 희생은 의외로 상대를 버릇없게 만들 수 있다.
4. 희생은 의외로 상대가 자신을 부당하게 대하도록 만들 수 있다.
5. 희생은 때때로 '우리만의 둥지'를 강화하기보다는 상대에게 '날개'
   를 달아주는 역할을 하곤 한다.

희생과 헌신은 다르다. 탈진할 때까지, 자신의 한계가 드러날 때까지 무리하여 자신의 것을 내어주고 심지어 다른 사람의 것을 끌어다가 파트너에게 바치는 희생은 탈이 나기 마련이다. 사랑한다면 '헌신'하라. 일방적인 희생은 바람직하지 않다. 헌신이란 상대방이 자신을 필요로 하는 그 순간에 자신을 충분히 내어주는 것이다. 자기 자신을 잃지 않는 것이 핵심이다. 나 자신을 내던져 버리지 않고 바로 서서 상대와 '협력'하는 것이다. 내가 헌신하고 파트너가 그 헌신을 받아들이면 관계는 자연스레 깊어진다. 서로의 관계에 진심으로 참여하는 것이다. 희생 후에는 탈진이 오고 회한과 보상 심리만 쌓여가지만, 헌신은 뿌듯함과 함께 누군가에게 도움이 될 수 있음에 감사함을 느끼게 된다. 헌신을 받은 수혜자도 누군가가 자신을 돕는다는 사실에 깊은 사랑을 느끼게 된다. 뒤이어 수혜자가 그 사랑을 되돌려주는 선순환이 일어난다. 이것이 사랑의 이치다.

69
남자는 사랑하면 반드시 '티'를 낸다

남자는 여자보다 단순하다. 여자보다 상대적으로 감정 반응이 적고 행동 지향적이라는 뜻이다. 남자는 여자처럼 내숭을 떨거나 자존심을 앞세우며 침묵하는 성향이 상대적으로 적다. 남자는 누군가를 사랑하면 반드시 티를 낸다. 자기도 모르게 행동이 드러나버리는 것이다. 먼저 전화를 걸거나 맛있는 식당을 검색하고 연인의 주변 사람들에게 잘보이려고 애쓴다. 연인이 힘들어 하는 일이 있으면 전혀 생소한 일이라도 발벗고 나서서 도와주려 한다. 이것이 사랑에 빠진 남자들의 평균적인 모습이다. 평소 아주 내성적인 '조용남'이라 하더라도, 정도의 차이는 있지만, 마찬가지다.

사랑의 감정을 느끼면, 심적 에너지가 이전과 다른 도드라진 행동을 하게끔 충동질한다. 여자는 사랑의 티를 내지 않기 위해 억누르는 경향이 있지만, 남자는 그렇게 하면 자신이 원하는 바를 성취할 수 없다. 이러한 모습은 연애 초반에 더욱 두드러지겠지만, 오래된 결혼생활에서도 별반 다르지 않다. 관계역사에 따라 양상과 방식이 조금씩 변형될 뿐이다. 티를 내는 남자가 나를 사랑하는 남자다.

70
나를 사랑하는 사람의 특징

1. 나를 위해 시간을 투자한다.
2. 무엇을 정할 때 자연스럽게 내가 우선 순위다.
3. 내가 이야기한 사항을 대부분 기억하고 있다. "원래 기억력이 없어서" 같은 말은 하지 않는다.
4. 내 의견을 받아들이고 나를 만족시켜 주기 위해 애쓰는 행동이 분명하게 드러난다.
5. 나를 위해 자신의 일부분이 변화되어야 한다 판단되면 '변화'에서 오는 스트레스를 기꺼이 감수한다.
6. 갈등 상황에서 나의 실수나 단점을 지적하고 훈계하기보다 공감과 연민의 마음으로 나를 돕고 협력하고자 노력한다.

71

사랑한다면 표현하라
사랑한다면 사랑 행동을 하라

내게는 중학생 딸이 있다. 어느 날 딸이 전화를 해서 학원을 마치고 엄마와 함께 귀가하기 위해 클리닉으로 오겠다고 했다. 클리닉에 도착한 딸은 나를 보고 활짝 웃으며, "엄마 드시라고 붕어빵 사 왔어요. 드세요" 하면서 하얀 봉지를 내밀었다. 딸에게 건네받은 봉지 안에는 붕어빵 두 개가 들어 있었다. 순간 가슴이 뭉클했다.

추운 겨울날, 엄마를 떠올리며 붕어빵을 사온 딸아이는 엄마가 붕어빵 좋아하는 것을 알고 있었고, 엄마를 기쁘게 해주고 싶었던 것이다. 딸에게는 그렇게 엄마에 대한 따뜻한 사랑이 있었던 것이다. 그 관심과 사랑이 '붕어빵'으로 표현되어 내게 전해진 것이다. 그렇게 구체적으로 딸아이의 마음이 표현된 순간, 나에게 감동과 고마움, 기쁨이 벅차게 차올랐고 딸과 한층 더 가까워지는 느낌이 들었다. 딸아이는 자신이 사온 붕어빵을 맛있게 먹는 엄마를 보며 '주는 기쁨'이 무엇인지 느꼈을 것이다. 이렇게 우리에게는 둘만의 따뜻하고 아름다운 추억 하나가 더 생겨났다.

물론 아이가 그날 붕어빵을 사오지 않았어도, 아이가 엄마를 사랑하고 있고 엄마를 기쁘게 해주고 싶어한다는 걸 모르지는 않는다. 붕어빵을 사오지 않았더라도 딸과 나 사이의 애정에는 아무런 변동이 없었을 것이다. 그러나 이렇게 아름답고 재미나게, 다정하게 표현된 사랑은 우리의 관계를 더욱 돈독하게 해주었고 말할 수 없는 '기쁨'을 만들어주었다. 각별한 관계에서 일어날 수 있는 각별한 추억이다.

사랑은 표현될 때 더욱 더 아름다워지는 것이다. 추운 겨울날 거리에서 엄마를 위해 붕어빵을 사는 딸의 마음과 손길, 아픈 아내 곁에서 손수 간호를 해주는 안타까운 남편의 손길과 발걸음, 배고픈 남편에게 정성들여 밥상을 차려주는 아내의 수고, 아들이 부탁한 물건을 사기 위해 멀리 달려가는 엄마의 발걸음, 지친 아빠의 어깨를 주무르는 딸의 손길……. 사랑은 그렇게 행동으로 표현될 때 관계의 돈독함으로 이어져 거듭난다.

관계는 가꾸어야 한다. 서로 사랑한다면 '사랑 행동'을 주고받아야 한다. 일상생활 속 작은 행동들로도 충분하다. 이 얼마나 마음과 현실이 일치되는 멋진 사랑 방식인가. 사랑하면서 사랑 행동을 하지 않는다는 건 사랑 관계를 가꾸지 않고 방치하는 것이다. 꽃밭은 가꾸어야 꽃밭이다. 제대로 가꾸지 않으면 이내 온갖 풀들로 뒤덮인 버려진 땅이 되고 만다. 사랑한다면 가꾸고 가꾸어라. 아름답게 꽃피워라.

72

먼저 사과하자

"엄마, 수업시간에 배웠는데요. 사춘기가 되면 짜증이 많아지고 화도 잘 내게 되고 부모님께 대들고 반항하는 행동이 나타나서 부모님하고 갈등이 생기게 된대요. 저도 엄마한테 짜증 많이 내고 반항하고 그러나요?"

늦은 밤, 옆에 나란히 누운 내게 중학생 딸이 물었다.

"글쎄, 아직은 잘 모르겠는데. 학교에서 사춘기에 대해 배웠구나."

"네, 엄마. 제가 엄마나 아빠한테 그러나요?"

"응, 물론 네가 가끔 짜증낼 때도 있지만 그 정도는 뭐…… 아직까지는 괜찮아."

"다행이에요."

그런데 잠시 후 아이가 나를 꼭 끌어안더니 "엄마…… 미리 사과할게요"라고 다정하게 말하는 것이다. "제가 사춘기가 되어서, 엄마에게 짜증내고 반항하고 그럴 수 있잖아요. 미리 사과드릴게요."

참으로 의외의 말이었다. 순간 감동과 사랑이 밀려들었다. 따뜻한 미소로 나를 꼭 끌어안고 있는 딸을 나도 꼭 끌어안았다.

딸은 그렇게 내게 미리 사과했다. 사과할 일도 아니고 내게 무엇을 잘못한 것도 아닌데 말이다. 사춘기 때는 자신도 모르게 감정적인 상태가 될 수 있는데, 그런 자신의 모습으로 인해 엄마가 혹여 마음이 상하면 어쩌나 하는 마음, 우주에 가득 차오르고도 남을 풍요로운 사랑을 내게 전한 것이다. 사람과 사람 사이에 갈등이 있을 수 있고 서로 사랑하더라도 마찰이 있을 수 있음을 알고, 또 그럴 때 갈등과 마찰을 피하기보다 먼저 진심으로 사과하면 문제가 대부분 풀릴 수 있다는 것을 아이는 알고 있는 것이다.

우리에게는 자신의 행동에 대한 책임, 관계를 돌보려는 노력, 상대의 너그러움에 대한 절대신뢰, 상대에 대한 관심과 사랑이 있는가? 내가 본의 아니게 상대방의 마음을 아프게 할 수 있다는 사실을 순순히 인정할 수 있는가? 미리 사과는 못할지언정, 마찰 후 '내가 잘했네, 네가 잘못했네' 하고 고집부리지 말고, 상대의 마음을 헤아리며 그때그때 사과하자. 진심으로, 확실하게, 먼저 사과하자. 따뜻하게 안아주면서 말이다.

73
풀옵션보다 기본기능을 갖춘 사람이 필요하다

근수 씨는 차를 사면서 **"풀옵션이요"**라고 주문하는 자신이 상당히 뿌듯했다. 세경 씨는 그저 '진공청소기 하나 구경해 볼까' 하는 마음에 전자상가에 들러 여러 가지 모델들을 둘러보다가 많은 옵션과 다양한 기능이 갖추어진 새 제품에 자꾸만 마음이 갔다. 그러다가 결국 최고 옵션이 장착된, 마치 최신형 비행기처럼 날렵한 진공청소기를 샀다. 집에 들여다놓은 그 진공청소기는 위풍당당했다. 그 진공청소기의 주인인 세경 씨 또한 덩달아 위풍당당했다.

풀옵션남, 풀옵션녀를 찾습니다!

최신 트렌드의 새 제품을 구입한다는 것은 자신이 주변 사람들과 차별화되는 특별한 사람이며 남보다 앞서간다는 느낌을 준다. 다른 사람들은 쉽게 접할 수 없는 각종 옵션을 취하고 누린다는 것은 특별히 자신만 누리는 삶의 풍요로움을 소리 높여 증명해 주는 듯하다. 그리고 배우자를 택할 때도 이런 식의 판단과 욕구를 작동시킨다.

우리는 배우자를 고를 때에도 가능한 풀옵션을 모두 장착하고 있는 사람을 찾느라 눈에 불을 켜곤 한다. 각종 조건과 사양을 관찰하고 타진하며 상대방을 평가한다. 멋들어진 풀옵션이 자신의 행복을 보장해 준다는 기대감에 풀옵션남, 풀옵션녀를 찾고 이내 사랑에 빠진다. 그런데 여기에는 함정도 함께 도사리고 있다.

옵션이 많은 제품은 탈도 많고 까다롭다

옵션이 너무 많다 보면 고장도 잘 난다는 것이다. 해줘야 하는 것도 많다. 아울러 옵션이 아무리 좋아도 기본기능이 고장나면 화려한 옵션은 그다지 쓸모가 없다. 기계든 자동차든 첨단의 풀옵션을 선호하는 사람들의 심리 중 가장 두드러지는 특징은 '나는 남들과 다르다, 내 일상은 구질구질하지 않다'라는 타인과의 차별성에 대한 욕구, 즉, 자기애적인 욕구다. 특별함과 차별화를 추구하는 자기애적 욕구가 강한 사람과 사랑을 나누고 세상 풍파를 헤쳐나가는 것은 생각보다 쉽지 않은 일이다. 그의 관심사는 오로지 '자기 자신'이기 때문이다.

긴 인생을 사는 데는 기본기가 최고다

요즘 흔히 말하는 '스펙 쌓기'도 이 같은 풀옵션에 대한 욕구와 비등한 것이다. 갖가지 스펙을 갖추려는 비범한 노력 자체는 훌륭하다. 빈둥거리며 시간을 허비하는 사람들과 비교조차 할 수 없다. 그러나 스펙을 쌓고 풀옵션을 갖추느라 삶의 기본기를 소홀히 하고 있는 건 아닌지 자문해 볼 필요가 있다. 특히 사람을 볼 때 가장 중요한 것은 얼마나 기본기가 튼튼한가의 여부다. 기본 품성, 인내심, 융통성, 사랑을 주고받는 능력 같은 중요 자질이 갖추어져 있는지가 가장 중요하다. 더불어 나와 융화될 수 있는 사람인지, 나와 생각과 취향이 잘 맞는지가 핵심 관건이다. 배우자는 들고 다니는 물건이 아니기 때문이다. 결혼과 같은 기나긴 여정을 위해서는 풀옵션을 갖춘 사람도 좋지만, 기본기를 튼튼히 갖추고 있는 사람이 백만 배 더 필요하다. 삶에는 동서고금을 막론하고 변하지 않는 '진리'가 있기 때문이다.

74

눈에 '확' 들어오는 저 선수,
어쩌면 좋아?

'연애' 하면 '선수'라는 말을 **빼놓을 수 없다.** "쟤 선수 아니야?" 언젠가부터 남녀관계의 고수를 일컫는 말이 되어버린 '선수'. 혹시나 입을지 모를 상처로부터 스스로를 보호해야겠다는 느낌을 받을 때, 우린 이런 말을 한다. 선수란, 연애에는 능숙하지만 내 손에는 잡히지 않을 듯한 사람을 일컫는 말이다. 연애의 도사이긴 한데, 과연 이 사람과 사랑 관계를 유지할 수 있을까 하는 의구심이 들 때, 우리는 그러한 불안감이 드는 사람을 선수라고 부른다. 이 얼마나 복잡하고도 안타까운 일인가? 연애를 하고는 싶은데, 했다가는 내가 상처받을 것 같고……

나도 싱글 시절 한때 선수들을 동경한 적이 있었다. 그 시절, 그들의 빛나는 플레이를 바라보면서 진정 사랑도 잘 하고 나를 아껴주며 배려해 줄 것이라는 '착각'을 했었던 것 같다. 사랑에 대해 제대로 분화된 정교한 시각이 생기지 않았던 시절, 선수들의 현란한 드리블에 마음이 절로 가곤 했다. 저 현란한 드리블이 '3점 슛돌이'의 징표인

듯, 그 주변에서 열심히 2점 슛을 날리는 선수 아닌 선수들은 눈에 보이지도 않았다. 그런데, 시간이 지나자 곧 알게 되었다. 드리블은 드리블일 뿐이라는 것을. 선수는 선수일 뿐이라는 것을. 그 사람의 진가를 알기 위해서는 전·후반전을 통틀어, 그리고 훈련하는 모습까지 진득하게 전부 다 살펴보아야 한다는 것을…….

한때 그런 '선수'를 미워한 적도 있었다. 나의 진심을 몰라주는 무심한 사람, 나의 순진한 마음을 가지고 논 사람. 그러나 세월이 지나고 보니, 꼭 그런 것만은 아니었다. 선수도 나름대로 가슴속 깊은 곳에서 우러나오는 절박한 욕구가 있었던 것이다. 그건 바로 수많은 여성들의 환호, 남성으로서의 매력에 대한 확증들이다. 그들이 원하는 사랑은 함께 성장의 길을 가는 사랑, 갈등을 해결하면서 인간 대 인간으로 동등하게 나누는 사랑, 감정이입을 하는 본질적인 사랑이 아니었다. 그들은 단지 '게임'을 한 것이었다. 그런 면에서 본다면 그들은 아직 덜 큰, 청소년 수준의 정신 세계를 지닌 자들이었다. 그런 사람에게 마음을 빼앗긴 나 또한 같은 급의 청소년 마인드였던 것은 말할 나위도 없다. 선수들은 현란한 드리블이 아닌 벤치에서의 지루한 기다림이나 팀의 완패, 고독한 훈련 시간을 감내할 마음가짐이 그다지 없는 사람들이었다. 선수들이 모두 나쁘다고 비판하는 것은 아니다. 그들도 나름의 이유로 살다 보니 선수가 되어버린 걸 어쩌랴.

우리는 각자의 길을 가는 것이다. 선수에게는 선수의 길이 있고 우리에게는 우리 자신의 길이 있다. 자신의 길을 잃고 헤맬 때에는 선수에게 마음을 줄 수도 있다. 선수의 잘못도 내 잘못도 아니다. 그저 갈 길이 다른 사람들이 마구 헤매다가 한 지점에서 눈이 마주쳤을 뿐이다. 사람은 너무 헤매다 보면 엉뚱한 화살표에도 눈이 '번쩍' 하는 법이다. 중요한 점은 내가 선수를 받아들이느냐, 거부할 것이냐의 문제다. 그러기 위해서는 내가 원하는 것이 무엇인지 어느 정도는 알고 있어야 하며, 내 인생의 청사진을 가지고 있어야 한다. 그래야 잘못된 화살표에 휩쓸리지 않을 수 있다. 건강하게 나를 지킬 수 있다.

선수는 '사랑' 근처에서 줄기차게 얼쩡거리는 사람들이다. 금방이라도 나와 사랑을 나눌 듯이, 나에게 사랑의 신기루를 보여줄 듯이 다가오지만 그들은 결코 자신을 내던지지 않는다. 아니, 그러지 못한다. 수영 시합의 규칙은 훤히 꿰뚫고 있지만 '장거리 수영'을 해본 적이 없는 사람들이기 때문이다. 물에서 수영하면서 노는 방법을 모르는 사람들이기 때문이다.

나는 감히 말한다. 데이트에 능하지 않아도 사랑에는 진정한 능력을 지닌 '숨어 있는 고수'들이 많다는 것을. 그들을 공략하라. 시장은 넓다. 선수와의 만남은 우리의 인생에서 한두 번이면 족하다. 더욱이 선수와의 결혼은 심사숙고를 거듭해야 한다. '한 번 선수는 (대개) 영원한 선수'니까. 벼락이라도 맞지 않는 한 말이다.

75
눈이 높다? 자신에 대해 모른다!

첫 만남 혹은 상대방이 접근해 오는 초기에 그 사람을 '땡처리'하여 아웃시켜버리는 엄격한 사람들이 꽤 많다. 딱 봐서 아니다 싶으면 더 이상의 쓸데없는 노력을 하지 않겠다는 방식이다. 자신이 원하는 이성상이 비교적 명확하게 정해져 있거나 자신의 아껴둔 노력을 한 사람에게만 쏟아붓겠다는 마음일 것이다. 그런데 이런 태도를 지닌 사람들이 오히려 연애를 잘 하지 못한다. 이런 사람들을 우리는 흔히 '눈이 높다'고도 말한다.

'눈이 높다'는 말은 남녀관계에 잠정적으로 내재되어 있는 '상처받음, 버려짐의 가능성'에 대한 심리적 방어의 일종이다. 이런 사람들은 알고 보면 자기 자신에 대해 정확히 모를 뿐 아니라 마음의 문도 닫혀 있는 경우가 허다하다. 거절에 대한 불안도 심한 편이다. 자기 자신에 대해 잘 아는 사람만이 비로소 자신과 잘 맞는 이성을 알아볼 수 있다. 그리고 그런 이성에게 자연스레 마음이 끌리는 것이 가장 건강한 모습이다. 자기 자신에 대해 잘 아는 사람은 눈이 높아지는 게 아니라, 사람을 잘 판별하는 '정확한 눈'을 갖고 있다.

진정 건강한 사람은 마음과 몸을 주는 데에는 눈이 높지만(신중하지만) 데이트에서는 개방적인 마음 자세와 긍정적인 눈을 갖추고 있다. '나만의 단 한 명'을 찾아내기 위해서 적극적인 탐구 자세와 끊임없는 노력을 기울여라. 노력이라는 것은 선뜻 마음에 드는 사람이 아닐지라도 데이트를 시도해 보는 충분히 열린 마음과 인내심이다. 누구에게나 매력과 장점이 있다는 긍정적인 이성관이 중요하다. 사람에 대한 호기심을 잃지 말자. 이런 긍정적 자세가 연인을 만든다.

76
고독과 세파 속에서

재능은 고독 속에서 이루어지며
인격은 세파 속에서 이루어진다.

― 괴테

우리 모두는 재능과 인격을 갖춘 사람이 되고 싶어한다. 그렇게 되기 위해서는 고독과 세파를 견뎌내야 한다. 여기서 중요한 건 의 젓함과 담대함이다. 고독과 세파의 완전한 극복이란 있을 수 없기에 그저 의젓하고 담대하게 대처할 뿐이다. 그것으로 충분하다. 그렇게 고독과 세파를 잘 견뎌내면 재능과 인격은 굳세게 연단되어 우리네 삶을 한 단계 한 단계 성장시켜 주는 강력한 힘으로 작용하게 된다. 굳이 목표로 삼지 않아도 삶이 제시하는 분명한 수업을 성실히 이수하면 재 능과 인격은 부가적으로 단련되어 얻어지는 것이다.

77
그를 미워하지 마라

사람들은 경험을 당한다. 경험은 과학의 어머니다.
경험은 길을 안내해 주는 램프다.

― 알베르 까뮈

나에게 고통을 준 자만이 교훈을 준다. 내게 상처를 준 자만이 치유력이라는 선물을 준다. 밉다 원망하지 말고 억울하다 집착하지 말고 모두 흘려보내는 게 순리다. 눈물이 흐른다면 뜨겁게 눈물 흘리고 담대히 거두면 그만이다. 겨울을 이겨낸 목련처럼 아픔이 지나간 마음에도 꽃은 피어난다. 미움을 내려놓는 순간 새로운 것이 시작된다.

"변화란 결코 한 번의 순간적인 탈출이나 도약을 의미하는 게 아니랍니다. 저 멀리 있는, 도저히 얻기 힘든 것을 얻어내는 것도 아니에요. 지금 내 현실에서 한 발 더 나아가는 것, 현재의 힘겨운 상태에서 조금이라도 벗어나는 것, 그래서 어제보다 1퍼센트, 2퍼센트씩 더 많은 자유를 느끼는 오늘을 만들어 가는 것, 그게 바로 변화입니다. 너무 먼 곳을 바라보고 무리한 걸음을 떼며 자기 자신을 괴롭히지 마세요. 지금 내 앞에 주어진 일에 성실히 임하며 '오늘'에 집중하세요. 그런 날들이 쌓여 '변화'가 일어나고 멋진 삶이 이루어집니다. 삶은 모자이크이고 퍼즐이지요. 여러분 자신을 사랑하고 자신에게 충실해지세요. 셀프(self)가 들려주는 이야기에 귀 기울이세요. 내 안에 우주가 있습니다."

78
근시안에서 벗어나자

"우주에서 내려다본 지구는 파랗고 아름답고 평화롭다는 생각밖에 안 들거든요. 이제 돌아가면 아름답게 살고 싶고, 그 안에서 아등바등하지 말고 아름답게 살자, 그런 생각이 들어요."

—2008년, 우리나라 최초 우주인 이소연이 국제우주정거장에 도착한 뒤 가진 우주 기자회견 중에서

"지구는 푸른 빛이었다. 이 얼마나 놀라운가!"

—1961년, 세계 최초 우주인 유리 가가린(Yurii Gagarin)이 우주비행 중에 통제센터와 교신 시 외친 첫마디

마찰과 갈등의 골이 깊어지다 보면 부부는 어쩔 수 없이 '근시안 (tunnel vision)'이 된다. 일상생활에서 자잘한 스트레스를 받게 되고 그 관계 안에서 서로 불가피하게 상처를 주고받다 보면 부부는 정서적으로 지치고 거칠어진다. 정서적으로 지치면 마음의 여유와 폭넓은 시각이 사라져 갈등 상황에서 상황 전체를 바라보며 대안을 떠올리지

못한다. 이런 근시안은 부부가 서로 상대방의 단점과 불만만 바라보게 하여 비난하고 공격하게 할 뿐만 아니라, 문제 상황을 확대 해석하여 절망감과 예민함을 증폭시킨다. 근시안적으로 '불만스러운 현실과 문제점들, 꼴보기 싫은 배우자'에 시선이 고정되면 삶의 또 다른 진실, 감사함과 건강한 긍정성은 너무도 쉽게 힘을 잃어버린다. 삶에 엄연히 존재하는 이런저런 면모를 균형감 있게 보지 못하고 오로지 '어둠'만 뚫어지게 쳐다보게 만드는 근시안이라는 돋보기를 거둘 수 있는 방법은 없을까?

거리 두기를 잘해야 평화가 유지된다

한 발짝만 뒤로 물러나면 된다. 한 번만 크게 심호흡해도 된다. 근시안적 사고에서 벗어나 부부가 서로 한 발짝 떨어져 배우자를 평범하고 불완전한, '살아가기 위해 오늘도 고군분투하는 인간'이라는 연민의 관점에서 바라보는 것만으로도 부부 간의 만성적인 긴장과 불만은 조금씩 잦아들게 된다.

부부 간에 벌어지는 대부분의 골칫거리와 문제들은 부부가 아무리 애를 써도 완벽하게 해결되지 않으며, 불평은 모르는 사이에 자신을 분노의 화신으로 변형시키는 파괴력을 지닌다. 우주에서 지구를 바라본 거리만큼은 아니더라도, 지금의 근시안에서 벗어나 부부 간 '적절한 거리'를 유지하며 서로를 관찰하여 보는 것, 배우자의 숨소리, 심경을 헤아려보는 것, 이것이 부부 간의 진정한 사랑 아닐까?

혹여 배우자에게 지나치게 집착하고 있지는 않은가? 문제 상황에 찰싹 달라붙어 큰 그림을 놓치고 있지 않은가? 내 남편, 내 아내도 그저 인간이기에 조금만 거리를 두고 떨어져 바라보면 충분히 푸르고 아름다운 사람이다. 정신의학자 데이비드 호킨스의 말을 기억하자. "의식이 성숙해질수록 다른 시각으로 볼 수 있는 관점의 여유가 생기면서 시야가 넓어진다."

79

당신은 '불안한 마당쇠' 남편?

친구들이나 직장동료들에게 아내의 칭찬을 지나치게 많이 하거나, 자신이 아내를 공주처럼 모시고 있다는 것을 유난히 강조하는 남편들이 있다. 상대에게 과도하게 정성을 기울이고 지나치게 맞추려고 하는 것은 대개 두 사람이 실질적으로 평등한 수평관계가 아니라는 것, 동등한 감정교류가 적절히 이루어지지 않는다는 것을 방증하는 것이다. 그런데도 그들은 이를 '완벽한 관계'라 여기며 자랑하는데, 사실상 그것은 자신의 심리적 결핍, 허약함을 감추기 위해 아등바등하는 것에 불과하다. 상대의 기분을 좋게 하기 위해 지나치게 에너지를 쏟아붓는다고 해서 부부 간에 애정과 친밀감이 생기는 것은 아니다. 도리어 피로와 과민함에 짓눌린 채 상대의 눈치를 보게 되고 보상심리만 쌓여간다. 받는 자의 입장에서는 상대를 자꾸 무시하게 된다. 마치 잘못 길들여진 버릇없는 아이처럼 요구사항만 높아지는 것이다.

평등하고 만족스런 관계를 맺고 있는 부부일수록, 마음속 있는 그대로의 감정과 욕구를 그때그때 자유롭게 드러낼 뿐 아니라, 상대방의 감정과 욕구를 민감히 감지하고 수용한다. 이것이 진정으로 건강한 감정교류이자 화합이다. 이런 부부는 배우자가 언제, 무엇을, 어느 정도로 원하는지 비교적 정확하게 느낀다. '척 하면 삼천리'고, 언제나 상대방의 과녁을 명중하는 것이다. 좋은 부부는 상대방이 필요로할 때 나타나 돕는 부부다.

80
말하는 자유, 표현의 기쁨

폭력 가운데 가장 심각한 폭력은 '말을 할 수 없게' 만드는 것이다. 두 사람의 관계에서 한 사람이 권력을 움켜쥐고 상대에게 권력을 휘두르며 말을 못 하게 하는 억압은 가장 심각한 폭력이다. 갈등 상황에서 공포 분위기를 조성하고 감정적 협박을 하거나 냉담하게 돌변하는 것 모두 상대방이 하고 싶은 말을 하지 못하게 만들어버리는 왜곡된 힘의 표현이다. 게다가 상대방을 비난하고 깎아내리면서 이러저러하게 변하라고 강요하는 것 또한 관계를 멍들게 하는 폭력적 행위다. 이런 폭력이 반복되면 당하는 사람은 고통과 무기력감 속에서 입을 다물게 된다. 말을 못 하면서 감정도 억압된다.

건강한 가정은 알맞은 힘의 배분이 이루어진 상태에서 서로 간에 감정과 의사 표현이 자유로운 가정이다. 행동은 훈련을 받아야 하지만 감정과 의사 표현은 자유로워야 한다. 자녀에게 인간은 그 어떤 감정이든 느낄 수 있고 자유로이 표현할 수 있음을 알게 해주어야 한다. 그래야 성장하면서 감정의 노예가 되지 않고 감정을 운영해 나갈 수 있는 힘이 생긴다. 화내거나 운다고 아이를 마구 혼내거나 아이가 불안해할 때 윽박지르는 것은 부모가 힘으로 아이를 억압하는 것에 불과하다. 아이의 감정은 먼저 감싸주고 그 후에 적절한 행동을 제시하고 조절해 주어야 한다. 감정을 드러냈을 때 처벌이 아닌 이해받고 수용되는 것을 경험하면 아이는 타인에 대한 믿음이 생기고 자신이 힘들 때 타인에게 건강히 도움을 요청할 수 있게 된다.

관계는 결코 '누가 옳고 그르냐'의 문제가 아니다. 힘의 균형을 건강하게 유지하면서 하고 싶은 말을 하고 상대의 말도 경청하면서 공동의 힘을 키워나가는 과정이다. 가장 중요한 것은 두 사람이 관계 안에서 힘을 잘 다루면서 문제를 협의해 나가는 과정이다.

81
짜증스러운 그 이름, 짜증

사람은 누구나 당장 짜증나는 일만 없으면
스스로 인자한 사람인 양 느낀다.
우리는 단지 자기 기분이 좋은 것을 친절함으로 착각한다.

— C.S. 루이스

우리는 짜증을 심각하게 생각하지 않는 경향이 있다. 누구나 조금씩 짜증을 내기 때문이다. 그러나 짜증만큼 관계를 서서히, 하지만 확실하게 좀먹는 것도 없다. 짜증은 상황 해결을 위한 도움은커녕 상대방을 도발하고 자극할 뿐이다. 짜증은 상대방에게 부정적인 대응을 불러일으키며, 그 대응은 다시 나에게로 돌아와 더욱 짜증스러운 반응을 일으키는 악순환을 낳는다. 짜증의 자극적 속성상 그것을 받아주는 데는 분명 한계가 있다. 부부관계에서 짜증스런 대화와 상호작용이 지속적으로 나타날 때에는 반드시 이를 개선해야 한다. 짜증 자체도 개선해야 하고 짜증이 반증하고 있는 '마음속 평화의 부재'도 짚어져야 한다. 짜증이 고질적으로 심하다면, 그것은 노이로제를 시사하는 것으로, 욕구불만과 심리적 과민성이 일상화된 것이다. 문제 상황을 해결하지 못하고 어린아이처럼 불평불만을 하면서 상대방을 자극하는 행동이 생활화된 것이다.

짜증은 아무런 효과도 없다

짜증은 분노 스트레스를 간접적으로 드러내는 심리적 방어기제로, 특별히 의도하지 않더라도 순식간에 짜증스러운 감정과 행동이 겉으로 쏟아져 나와버린다. 이것은 감정적 퇴행의 일종이다. 짜증으로 일관하는 태도를 보이는 한 진짜 중요한 '현실'은 회피하고 부인할 뿐, 진정한 해결책은 찾지 못한다. 문제의 본질로 들어가지 못하고 말꼬리를 잡고 늘어지는 주변부적 싸움도 반복된다. 이것이 바로 짜증의 밉살스러운 기능이다. 짜증은 좌절감과 패배감, 분노, 적대감, 초라함, 무가치감 등과 같이 스스로 인정하고 싶지 않은 부정적인 감정들을 은폐시키는 고식지계(姑息之計)에 불과하다. 짜증과 같은 방어적 태도가 강할수록 서로의 마음에 끊임없이 잔상처를 만들어내게 되고 그것은 낙숫물이 바위를 뚫는 것처럼 상대의 마음에 누적 트라우마를 만들 가능성이 있다. 화합을 위한 건설적인 대처 노력은 좀처럼 나타나기 어렵다. 문제가 무엇이든 가장 건강한 해결책은 자신의 감정을 정확히 지각하고 분명히 표현하는 데서 시작됨을 되새겨야 한다.

82
외모 공격을 막아내라

배우자가 당신에게 지속적으로 외모, 즉, 신체구조에 대한 공격을 하고 있는가? 당신에게 살을 빼라고 강요하고 있는가? 당신에게 수술을 종용하는 암묵적인 압박을 가하고 있는가? 당신의 몸무게에 대한 비판을 서슴지 않는가? 당신의 배우자가 이렇게 행동할 때 어떻게 대처하여야 할 것인가.

외모 공격은 배우자의 자기도취적 욕구일 뿐이다. 이 욕구를 충족시켜주기 위해 제단에 바쳐진 어린 양처럼 당신이 희생될 일이 아니다. 그런다고 해결될 일이 아니다. 이런 상황에 현명히 대처하기 위해서는 우선 과거에 내가 어떤 사람의 침입적 지시와 강요에 수동적 혹은 복종적으로 굴복했을 때 얼마나 마음이 괴로웠고 상처 입었었는지 떠올려 보는 것이 필요하다. 이를 깨닫는 순간, 다르게 행동할 수 있다. 내가 나를 지키는 것이 중요하다. 우리가 건강한 인간으로 살아가기 위해서는 매일 벌어지는 크고 작은 경험의 순간마다 '나에게 지금 무슨 일이 일어나고 있는가', '지금 심정은 어떠한가'를 정확하고 명료하게 바라볼 수 있어야 한다. 두렵다고 피할 일이 아니다. 상대방의 강요나 요구에 즉각 응해야 한다는 반사적 판단 이전에 내 마음에 느껴진 감정들, 수치심, 분노, 우울함, 좌절감, 유기불안과 같은 감정을 억압하지 않고 있는 그대로 느낄 수 있어야 한다. 그래야만 자신을 향한 부당한 요구가 더 이상 지속되거나 벌어지지 않도록 저항할 수 있는 용기를 발휘할 수 있다. 그것이 내가 나를 보호하고 사랑하는 방법이다.

누구나 배우자에게 사랑받기 원하고 평화로운 부부관계를 유지하고 싶어한다. 그래서 배우자가 하라는 대로 하면 배우자가 기뻐할 것이라 생각한다. 그렇다고 해서 부당한 강요에 그저 따를 것인가? 그게 진정 자신이 원하는 것인가? 아니다. 스스로 강해져야 한다. 나를 지키고 보호하고 내 주장을 건강하게 드러내면서도 만족스러운 부부관계는 충분히 가능하다는 점을 잊지 말자. 당신의 외모에 대한 배우자의 비난이나 억지스러운 요구는 정중히 거절하라. 필요하다면 무시하라. 그것이 어렵다면 잠시 배우자와 시간적, 정서적으로 거리를 두고 자신이 왜 배우자의 강요에 즉각 굴복하고자 하는 마음이 생기는지 곰곰이 짚어보라.

이렇게 대응하는데도 배우자가 변하지 않고 계속 자신을 괴롭힌다면 전문가의 도움을 받아보는 것이 현명할 것이다. 우리 부부는 외모에 대해 건강한 잣대와 가치관을 가지고 있는가? 배우자의 외모를 못마땅해 하고 있는가? 배우자를 인형이나 액세서리쯤으로 여기고 있

지 않은가? 외모 공격, 다이어트 압박, 수술 강요를 반복하며 배우자
에게 고통을 주고 있지 않은가? 오늘, 배우자와 진지하게 이야기 나
누어보라.

83
기본과 규칙

많은 부부들이 놓치고 있는 부분이 바로 기본과 규칙이다. 부부관계의 기본은 '가정이라는 울타리 안에 두 부부의 심신이 머물러 생활한다'는 대전제에서부터 서로의 꿈에 관심을 갖고 이를 이룰 수 있도록 상부상조하는 것, 서로에 대한 인간적인 존중, 미래의 공동 목표를 세우는 것까지 포함한다. 규칙이란 서로 돌보고 아끼는 행동을 하는 것과 같은 결혼생활의 정서적인 부분을 포함해, 아침을 언제 먹고 주말에 무엇을 하며 집안일 분담은 어떻게 하는지 등의 일상은 물론 경제의 운영과 같은 중대 사안에 이르기까지 부부가 함께 정한 현실적이고 구체적 행동노선이자 약속이다. 귀가 시간에 대한 약속, 서로의 거취에 대한 약속, 아내가 남편에게 할 기본적 도리, 남편이 아내에게 할 기본적 도리, 임신에 대한 합의, 부모됨의 준비, 양육에서의 협력, 다른 이성과의 관계에 대한 제한, 섹스 주기 등도 규칙에 해당된다. 규칙이 100퍼센트 지켜질 수는 없지만, 규칙 있음과 규칙 없음의 차이는 실로 엄청나다. 간혹 서로의 귀가 시간이나 성생활에 대해 관여하지 않는다는 규칙을 세우는 부부도 있다. 그들은 요샛말로 아주

'쿨하게' 서로의 사생활을 보장해 준다. 그들은 부부의 의미를 자기들만의 논리로 정의내리고 규칙을 정한다. 그러나 그런 방식으로는 자신들이 말하는 쿨한 삶을 누릴 수 있을지언정 다른 많은 부분을 상실할 수밖에 없다. 두 사람이 정한 규칙이 부부라는 관계의 일반적인 속성과 부조화를 이룰 경우에는 삶의 부조화, 자녀의 혼란감으로 이어질 확률이 높아진다. 굳이 부부라는 관계를 택했다면 상식적인 선에서 부부라는 관계의 속성과 본질에 걸맞는 기본과 규칙을 정하는 것이 가장 바람직하다.

84
모든 부부관계는 다 망가진다

무엇인가 망가졌다는 것을 인식하면 우리는 혼란에 빠진다. 더군다나 부부관계가 망가졌다고 느껴지면 그 혼란감은 이루 말할 수 없을 것이다. 그러나 침착하게 숨을 고르며, 망가졌다는 사실을 일단 인정하고 그 현실에 적극적으로 대처하는 '태도'를 북돋우면 많은 부분이 달라진다. 어떤 태도로 대처하는가가 삶의 품위를 결정하는 관건이다. "태도, 그 자체는 작은 것이지만 그것이 큰 차이를 만들어낸다"라고 처칠이 말하지 않았던가.

나도 망가지고 너도 망가진다

인간이라면 누구나 다 '스타일 구길' 때가 있다는 사실을 받아들일 필요가 있다. '나는 특별한 사람'이라는 자기애를 버려야 한다. '나는 특별하다'라는 콘셉트 자체가 문제는 아니다. 심리학적으로 볼 때 성장기에 '너는 참으로 특별하고 좋은 아이'라는 반영을 받는 영광스런 시절이 존재하느냐의 여부는 매우 중요하다. 그런데 어른이 되어 다음 세대를 돌보고 그들에게 청사진을 제시해야 하는 시점에 여전히

'나는 특별하다'는 자부심에 깊이 매몰되어 있다면 결코 바람직하지 못하다. 잘못 나이 들어가고 있는 것이다. 병든 자아일 뿐이다. 나는 특별한 존재라는 콘셉트, 무조건 하면 된다는 노력만능주의, 모든 것을 잃지 않겠다는 탐욕, 나는 아무 문제 없이 완벽하게 행복하다는 현실 부인과 불행공포증 등의 부풀려진 자기도취를 지혜롭게 떠나보내야 한다. 위기를 두려워하는 한 진정한 성장은 이루어지지 않는다. '나도 망가지고 너도 망가지는, 우리 모두가 결국 스타일 구기며 사는 것이 인생'이라는 삶의 진실을 허허로이 웃으며 받아들이자.

불완전함의 미학을 받아들여라

망가짐은 내가 못나서가 아니다. 나 또한 다른 사람들처럼 그저 불완전한 인간이기 때문이다. 망가짐이 주는 가르침 중 하나는 불완전한 나를 받아들이는 것이다. 흠집 하나 없는 완벽한 결혼, 완벽한 부부생활에 대한 환상은 누구나 꿈꿔볼 수 있다. 자신이 불완전하다는 진실을 깨닫는 것이 결코 쉬운 일은 아니다. 불완전성을 깨닫는다는 것은 자신이 할 수 있는 것, 할 수 없는 것을 분별하면서 자신의 한계를 받아들이는 것이다. 결국 자유로워지는 것이다. 불완전함을 깨달음으로써 스스로 편안해질 수 있으니 한편으로는 기쁘지 아니한가.

부부관계의 망가짐은 누구의 결함이나 실패로 여기며 통탄할 일이 아니다. 이를 배우자에 대한 원망이나 분노로 전가하지 말고, 보통의 인간이 경험하는 갈등과 불완전함이 드러나는 것일 뿐이라는 연민 어린 인간적 관점으로 바라보는 것이 바람직하다.

정신분석의 창시자 지그문트 프로이트(Sigmund Freud)는 자서전에서 정신분석의 목적을 설명했는데, 이를 통해 진정한 성숙이 어떤 것인지 힌트를 얻을 수 있다. 프로이트가 말한 정신분석의 목표는 '참을 수 없는 비참함, 신경증적인 불행을 누구나 경험할 수 있는 보통의 불행으로 바꾸는 것' 이다. 우리는 모두 그저 삶에 내던져진 가녀린 인간일 뿐이다. 완벽한 인간, 완벽한 부부가 아닌 평범한 모습으로 부부 생활을 영위하는 것. 이것으로 충분하다.

85
제2의 사춘기, 40대

> 헤매는 자가 모두 길을 잃은 것은 아니다.
>
> — J.R.R. 톨킨

과도기란 지금까지 살아오던 삶의 방식이나 신념만으로는 넘어서기 어려운 도전 과제와 위기가 발생하면서 자신의 역량을 시험대에 오르게 하는 시기를 말한다. 이때 우리의 자아 정체성은 심하게 흔들린다. '내가 누구인지, 내 존재 이유가 무엇이고 나는 무엇을 원하는지, 그동안 잘 살아온 것인지' 혼란을 경험한다. 의식과 마음, 정신과 내적 세계를 지니고 있는 인간에게 위기와 과도기란 삶의 일부일 수밖에 없다. 정신분석학자이자 발달심리학의 대가 에릭 에릭슨에 따르면 인간에게는 생물학적 연령에 따라 정체성, 친밀감, 생산성과 같은 일정한 '심리적 발달과제(developmental task)'가 주어지며 그것은 개인에게 위기이자 도전과제로 작용한다고 말한다.

30대 중·후반부터 40대의 나이는 성인기 초반의 경험들을 용기 있게 정리하고 승화시켜 '공동체적 삶' 속의 진정한 어른으로 발을 내

디딜 수 있는지 시험대에 오르는 시기라 할 수 있다. 심리적 압력과 도전은 하나의 위기이자 과도기의 특성을 띠며, 이것의 해결 여부가 인생의 전환점이 되고 인격이 진화될 수 있는 절호의 기회가 된다. 우리 모두에게는 각자 다른 모양새의 위기가 도래하지만 위기와 과도기 안에 도사리고 있는 혼란스런 감정은 공히 해명을 요구한다. 인간인 이상 장기적인 혼란감을 방치하고 그대로 살아갈 수는 없다. 인간은 혼란을 해명하고 해결하는 과정에서 비로소 많은 것을 배울 수 있다. 경험 속에서 '나 자신'에 대한 깊은 지식이 솟아나는 것이다. 뜻하지 않은 위기, 뜻대로 되지 않는 삶, 상실과 좌절을 통해 비로소 '나'라는 기존의 틀이 깨지면서 자신의 한계와 나약함, 불완전함을 인식하게 되고 비로소 성장하고 성숙하는 것이다. 이전의 '낡은 나는 사라지고 새로운 내가 태어나기 위해' 위기의 시간, 혼란의 시대, 중년 문턱에서의 과도기를 겪어야 하는 것이다.

그러나 모든 사람들이 중년의 문앞에서 뼈아픈 방황을 하는 것은 아니다. 아동기나 청소년기 혹은 20대 때 이미 좌절과 위기, 실패, 상실과 만나고 이를 극복하면서 이러한 체험을 성격 안에 통합한 성숙한 사람들을 우리는 종종 만날 수 있다. 그들은 위기를 일찍 만난 사람들이다. 당시에는 매우 고통스러웠겠지만 그 대가로 온유함과 인간다움을 얻었다. 때문에 그들은 인생의 또 다른 위기가 도래할 때 이를 재빠르게 감지하고 초기에 해결하거나, 담대하고 강인한 태도로 위기를 극복해 나간다. 하지만 서른 중후반, 혹은 40대까지도 별다른 좌절이나 상실을 경험하지 못한 사람들, 각종 위기를 못 본 체하고 외면하거나 부모의 과잉보호, 경제력과 같은 강력한 도움(?)으로 넘긴 사람들은 40대 즈음 눈덩이처럼 커져버린 인생의 위기를 종합선물세트로 받게 될 위험이 크다. 모든 것이 얽혀서 용량 초과로 터져버리는 것이다.

고통과 과도기가 재생의 길을 열어준다

분석심리학의 창시자 융은 "자아(ego)가 자기(self)를 찾아가는 과정이 삶"이라고 말했다. 현실의 틀 안에서 자신에 대해 깊이 탐구하고 깨달아가는 과정, 자기 안에 숨겨져 있는 '진짜 나, 참자기'를 찾는 끝없는 탐험, 이는 위기와 과도기 속에서만 가능한 것이다. 온몸을 던져 '위기'를 일찍 만나고 '과도기'에 헌신하자. 그 속에서 뼈아픈 고통과 마주하게 되더라도 삶의 일부인 고통을 거부하지 말자. 재생의 기쁨과 빛나는 미래를 위해.

86
사랑과 결혼이 주는 7가지 선물

사랑하라, 한 번도 상처받지 않은 것처럼.

— 알프레드 디 수자

1. 관계본능

현대정신분석이론 중 하나인 대상관계 이론에서는 '인간은 관계를 맺고자 하는 욕구, 의미 있는 타인과 연결되고 유대관계를 맺고자 하는 대상추구 욕구를 지니고 있다'고 본다. 이것이 인간의 기본 욕구라는 것이다. '생물학적 본능에 지배되는 인간'이라는 기존의 개념을 넘어 인간을 관계 기능을 지닌 존재로 보는 것이다. 이는 나의 의식과 무의식의 관계, 나와 타인의 관계, 나와 우주의 관계를 모두 포함한다. 인간은 모든 것들과의 관계 안에 놓여 있으며 그러한 운명을 벗어날 수 없다는 것이다.

관계 기능은 곧 생존요소다. 그 관계성 때문에 우리는 자신이 누구인지, 누구와 함께 어디로 가고 있는지에 대한 '좌표'를 인지하게 된다. 이런 관점에서 관계는 사람을 사람답게 존재하게 하는 가장 핵심적이고 우주적인 이유다. 관계 본능을 풀어가는 과정 중에 우리는 사랑을 만나게 되고 그 사랑은 이별 혹은 결혼이라는 결정적 위치에 다다른다.

2. 사랑의 진화

"참다운 사랑은 맹목적이지 않으며, 보통 사람들의 눈에는 보이지 않는 아름다움을 제일 먼저 발견하는 내적인 시력을 부여해 새로운 빛을 더해주는 것이라고 나는 생각한다." 덴마크의 철학자 키에르케고르(S. Kierkegaard)의 말이다. 인생에서 가장 아름답고 숭고하지만 동시에 가장 어려운 문제인 사랑. 평생에 걸쳐 변화하는 사랑. 어머니로부터 받은 사랑으로 시작하여 친구와의 우정, 연인과의 사랑, 부모 자녀 간의 사랑, 신념과 이상에 대한 사랑까지 우리가 마주치는 사랑의 유형과 깊이는 참으로 다양하다. 그런데 문제는 사랑이 자연스럽게 나타나는 행동이 아니라는 것이다. 사랑은 학습되는 것이다. 관계맺음을 통해 기쁨부터 슬픔까지 굴곡과 갈등, 상처를 경험하고 극복해 나가는 과정 중에 사랑하는 능력은 무르익는다. 사랑을 통해 타인에게 다가갈 수 있게 되고, 타인을 소중히 여기는 마음도 발전한다.

특히 남녀의 사랑은 수많은 진리를 담고 있어 우리를 남자로, 여자로 진화하게 한다. 여자로서, 남자로서, 한 인간으로서 거듭나기 위해 우리는 사랑과 남녀관계의 축복 안에 우리를 내던져야 한다. 사랑은 그렇게 '진정한 친밀감'이라는 커다란 축복을 준비하고 우리를 기다린다. 진정한 친밀감이란 타인의 다름을 수용하고 갈등을 해결하는 질곡의 과정 중에 피어나는 꽃이다. 씨실과 날실로 짜인 생생한 역사 속에 친밀감은 깃들기 마련이다. 그렇게 두 사람의 세월 속 옷감은 그 어떤 옷감보다 아름답다. 부부로 함께한 그 긴 세월은 사랑의 진화를 일으킬 수 있는 강력한 기회다. 현실에 뿌리내리고 갈등과 좌절을 이겨낸 사랑이 가장 아름답기 때문이다.

3. 호혜적 협력과 공감

자연의 섭리는 우리로 하여금 서로 협력하게 하는 것이다. 협력함으로써 함께 무엇인가를 얻는 것이다. 상호호혜(相互互惠)적 협력이라는 아름다움이 바로 자연의 섭리다. 프랑스의 작가 앙드레 모루아(Andre Maurois)는 말했다. "남녀의 참된 협력 없이 진정한 문명은 존재하지 않는다." 그러나 처음부터 저절로 타인을 인정하고 협력하게 되는 건 아니다. 남녀 간 사랑에서 협력과 융화는 진실로 어려운 과제다. 하지만 관계 안에 나를 던지고 헌신하면 사랑을 통해 서로의 차이를 인정하고 인격을 존중하는 법을 터득할 수 있게 되며 융화와 공감을 키워갈 수 있다. 비슷한 순간에 웃고 비슷하게 기뻐하고 비슷하게 원하고 비슷하게 아파한다. 어쩌면 간혹 '똑같이'

보고 싶어한다. 상대방의 행복이 나의 행복처럼 간절하다. '너와 내'가 의미 있는 '관계'가 되는 아름다운 균형. 우리는 공감과 상호호혜 정신을 통해 관계를 공동체적으로 발전시키며 그 안에서 건강히 머무르는 법을 익힐 수 있다. 그것은 오로지 관계 안에서 사랑의 힘으로 가능하다.

4. 나의 발전

"결혼을 했든 연애를 하든 동거를 하든 독신이든 우리 모두에게 지상 과업은 자기창조다"라고 부부치료자 대프니 로즈 킹마(Daphne Rose Kingma)는 말했다. 자연의 섭리는 개인의 편안함과 안주가 아닌 성장에 관심을 기울인다. 그렇다면 성장과 자기창조를 위해 어떻게 지도를 그려가야 하는가? 관계 안에 그 답이 있다. 우리는 관계 안에서 자신의 내밀한 내면을 보여주고 상대의 내면에 들어가기도 한다. 그 과정 중에 우리는 나의 내면세계에 대해 알게 되고 나자신의 한계도 인식할 수 있게 된다. 어디까지가 '나'이고 어디부터가 '타인'인지 관계의 질곡 안에서 깨달음을 얻을 수 있다. 애정관계, 특히 부부관계 안에는 수많은 지혜의 열쇠가 숨겨져 있다. 부부관계가 어려운 이유는 개인적 욕구와 상충되는 부분이 크기 때문이다. 그 갈등을 해결하고 욕구를 조절함으로써 우리는 타인과 공존하는 법을 터득함과 동시에 성격적 유연함을 키울 수 있다. 뜻대로 되지 않는 자녀와 맞닥뜨리며 부부는 타협의 산도 넘는다. 그럼으로써 세상을 다르게 보기 시작한다. 두 사람이 생활 속에서 부대끼고 책임과 의무를 짊어지면서, 가정이라는 울타리 안에 여러 세대가 함께하는 과정을 통해 자신이 조정되고 발전되는 것이다. 관계 안에서 자유로움을 얻는 사람이 진정 자유로운 사람이다. "아무것도 버릴 수 없는 자는 아무것도 느낄 수 없다"고 니체가 말하지 않았던가.

5. 나르시시즘을 벗고 사랑받기 위해 노력하기

"무조건적인 인정의 시기는 아주 어렸을 때 끝나버린다. 심리적으로 어른이 된다는 말은 곧 사랑을 받기 위해서 스스로를 사랑스러운 존재로 만들어야 하는 책임이 자신에게 있다는 사실을 충분히 터득한다는 의미다"라는 엠 스캇 펙(M. Scott Peck)의 말은 다시금 되새겨보아도 부족함이 없다. 우리는 관계를 통해 자신이 원하는 사랑을 받기 위해서는 스스로 사랑스런 존재가 되어야 함을, 그런 성숙한 노력을 먼저 기울여야 함을 깨닫게 된다. 진정으로 나르시시즘을 벗는 것이다. 사랑을 받기 위해 사랑스런 사람, 좋은 사람이 되고자 하는 진화욕구 또한 관계 안에서 생겨나는 것이다. 자신이 먼저 사랑스러운 사람이 되어야 한다는 아름다운 책임을 습득하는 것, 관계가 우리에게 주는 소중한 교훈이다.

6. 부모되기

남녀의 사랑이 주는 가장 고귀한 선물은 생명을 잉태하는 것이리라. 남편과 아내가 부모가 되는 것은 그 어디에서도 대신할 수 없다. 부모는 아이를 먹이고 돌보고 보호하고 가르치면서 강력하고 풍부한 사랑을 몸소 경험하게 된다. 아이가 주는 기쁨을 느끼며 한없는 사랑에 눈물도 흘린다. "어린이를 보는 부모들의 즐거움과 기쁨은 사람의 가장 성스러운 즐거움"이라고 페스탈로치는 말했다. 사랑과 결혼을 통해 생명을 잉태하여 부모로 탄생되면서 우리는 우주 속 생명의 신비함에 겸허히 고개 숙이게 된다.

7. 치유

때로는 치료가 필요한 게 삶이다. 평생 지울 수 없는 트라우마를 입은 사람들을 치료하고 연구한 정신과 의사 주디스 허먼(Judith Herman)은 "회복은 관계를 밑바탕으로 할 때 이루어질 수 있다. 고립 속에서는 이루어지지 않는다"라고 말했다. 사랑하는 관계에서 입는 상처도 마찬가지다. 누군가를 깊이 사랑할 때 과거의 묵은 상처들이 떠오르게 되어 있다. 자신의 내밀한 모습을 보여줌으로써 더욱 사랑받고 이해받고 싶어지기 때문이다. 아프지만 더없이 소중한 치유 과정이 발생한다.

우리는 살아가면서 산산이 부서지는 인간의 한없는 나약함과 맞닥뜨리게 된다. '나도' 나약하고 '너도' 나약하다. 상한 마음속에서 모두가 괴로워한다. 하지만 의미 있는 관계 안에서 치유는 피어난다. 부서지지만 다시 회복하는 인간의 드라마는 관계 안에서 타인의 도움과 사랑을 통해 완성되는 것이다. 이것이 관계와 사랑의 절정이다. 자, 이제 다시 처음으로 돌아가자. "사랑하라, 한 번도 상처받지 않은 것처럼."

87
엄마라는 이름으로

오래 전 딸아이가 초등학교 저학년일 때, 아이의 이를 뽑기 위해 치과에 간 어느 날의 이야기다.

딸아이가 이를 뽑으러 치과에 갔다. 유난히 좁은 턱 안으로 큰 이들이 여기저기 나느라 치열이 고르지 않아 교정을 하고 있었다. 딸은 치과를 좋아하지 않는다. 사실은 나 자신이 치과를 정말로 싫어한다. 초등학교 1학년 즈음 나는 엄마와 함께 치과에 이를 뽑으러 갔다. 무엇이 그리 싫고 무서웠는지 나는 가만히 주변을 살피다가 치과를 도망쳐 나와 건물을 뱅뱅 돌며 도망 다니기 시작했다. 간호사도 나를 잡으러 뛰쳐나왔고 나를 뒤쫓아온 엄마는 나를 잡으러 계속 뛰어다녀야 했다. 나는 누구에게도 잡히지 않고 성공적으로 달리고 달리고 또 달렸다. 엄마가 멀리서 "선희야! 아이스크림 사줄게"라고 외치는 소리에 일순간 '어, 돌아갈까?'라는 생각이 들기도 했지만, 이내 고개를 돌리고 냅다 달음질을 쳤다. 엄마는 내가 메고 있던 가방 손잡이를 꽉 잡고서야 나를 치과 안으로 들여보낼 수 있었고, 결국 이를 뽑았다.

그 시절, 나에게 이를 뽑는 것은 고통을 동반한 상실의 경험이었다. 이가 빠진 자리에는 하얀 새 이가 봄날의 새싹처럼 솟아오르지만, 나는 내가 가지고 있던 '헌 유치'를 내놓기 싫었다.

그렇게 이 뽑기에 강하게 저항하며 두려워하던 내 곁에는 엄마가 계셨다. 솜을 앙물고 울고 있던 나를 위로해 주셨다. 그리고 여러 해가 지나 내가 스무 살이 되던 해, 대학 합격 후 사랑니를 뽑는 프로젝트를 실행하게 되었다. 사랑니는 잇몸 속에 깊이 박혀 있어 뽑는 게 쉽지 않았고 한 번에 두 개씩, 두 번에 걸친 나름 큰 수술을 했다. 이를 뽑고 왠지 모를 서러운 마음으로 치과 의자에서 내려와 진료실 밖으로 나갔을 때도 내 곁에는 엄마가 계셨다. 엄마를 보자 눈물이 주룩흘렀다. 그리고 결혼 후, 10시간 만에 출산을 마치고 나왔을 때에도 나를 가장 먼저 반겨준 얼굴은 부모님이었다. 나는 부모님의 얼굴을 보고서야 안심이 되었던 것 같다. 남편의 얼굴이 전해준 기쁨과는 다른 평안함이 있었다.

그런데 오늘, 치과 가는 내 딸 옆에는 엄마인 내가 아닌 아이의 외할머니가 계셨다. 일 때문에 시간을 낼 수 없는 나는 아이와 함께할 수 없고 그런 나의 조바심을 십분 이해하신 외할머니, 그리고 일하시는 중에 짬을 내어 달려오신 외할아버지까지 총동원되어 손녀딸 치과 가기 대작전이 벌어졌다. "괜찮아, 괜찮아. 너는 일해. 일해야지……. 걱정하지 마." 그렇게 우리 엄마는 여전히 철없는 나를 위로

하고 안심시키며 격려까지 해주셨다. 아이는 초반 계획과 달리 이를 세 개나 뽑았다. 딸아이는 눈물을 글썽거리긴 했지만 자기도 뭔가 뿌듯했던 듯, 생각보다 아프지 않았다며 어깨를 으쓱했다고 한다.

그렇게 우리 엄마는 내 딸 곁에서, 딸아이의 성장과 함께 찾아온 불가피한 상실의 경험 그 곁에 계셨다. 이제 늙어버린 육신으로 당신 딸의 딸인 손녀의 성장에 참여하셨다. 내가 이를 뽑던 시절의 우리 엄마는 젊었으나, 손녀딸 곁에서 우리 엄마는 늙어버린 할머니였다. 세월이 그렇게 변했다. 그럼에도 우리 엄마의 사랑 방식은 그대로다. 몸이 늙고 쇠하여 얼마 전 지팡이를 구입했건만, 엄마의 마음은 내가 초등학생이었을 때나 손녀가 초등학생일 때나 같은 방식, 같은 관심을 지니고 있다. 이게 바로 위대한 애정의 증거, 세월 속에서 입증되는 애정의 증거들이 아니겠는가.

엄마 또한 불완전한 인간이기에 나도 엄마에게 불만이 많았고 속상한 적도 많았다. 엄마가 내 마음과 욕구를 몰라준다며 불만으로 가득했던 시절이 있었다. 내가 원하는 그 시점에, 내가 원하는 그 모양의 사랑을 받길 원했던 내게 엄마는 엄마의 방식대로 사랑을 주셨고 어떤 때는 벌도 주셨다. 과잉보호를 하기도 했다. 나는 내가 상처받았다고 생각했었다. 그런데 한 번 되돌려 생각하면, 우리 엄마 또한 나를 바라보며 수없이 많은 좌절과 슬픔을 느꼈을 것이고 '자식이란 게 뭔지……' 하며 회한 어린 고뇌를 겪었을지 모른다. 내가 아무리 눈에 넣어도 아프지 않은 '자식'이라도 말이다.

어쨌거나 지금, 엄마는 늙었고 나 또한 늙고 있으며 내 딸은 철마다 이를 뽑으며 '성장'하고 있다. 아빠도 더 이상 옛날의 그 아빠가 아닌 듯, 조금은 조용해지셨다. 아빠 얼굴의 주름을 자세히 바라본다. 텔레비전에 나오는 오래된 가요들을 조용히 따라 부르시는 모습을 보고 있자면, 우리 아빠도 그저 추억을 곱씹으시는 '한 인간'이라는 친근함과 연민이 나를 감동시킨다.

잊을 수 없는 치과의 추억, 그리고 오랜 시간이 지난 후 치과에서 재현된 할머니, 할아버지와 손녀의 이 뽑기 대작전. 엄마가 나에게 들인 시간, 관심, 발달 과정 중에 엄마와 함께 나눈 위기 상황들은 또 얼마나 많았는가. 나는 그렇게 사랑을 받고 지금 여기에 와 있다. 이제는 '엄마가 임플란트를 하러 가실 때 밖에서 조용히 기다리고 있는 딸의 모습'이라는 방식으로 엄마에 대한 사랑을 전해야 할 것 같다. 엄마가 지팡이가 아닌 내 팔을 잡을 수 있게 말이다.

애정의 증거는 그렇게 숨은 그림 찾기 같다. 눈을 빛내며 찾을 일이다. 가슴으로 깊게 느낄 일이다.

88
감정이입의 능력

감정이입이란 다른 사람에게 내 감정이나 정신을 이입시켜 그 사람의 생각과 감정을 유추하여 느낌으로써 타인과 나의 융화를 꾀하는 정신작용을 말한다. 타인의 아픔을 내 아픔처럼 느끼는 것, 예술작품을 감상할 수 있는 것도 감정이입의 능력이 있기 때문이다. 연애나 결혼 초반에는 낭만적 사랑이라는 들뜬 감정, 공생의 느낌, 상대방에 대한 몰입 덕에 감정이입이 재빠르게 이루어지곤 한다. 긍정적으로 팽창돼 있는 감정 덕에 감정이입이 매우 수월히 이뤄진다는 착각도 들 수 있다. 그러나 희로애락이 뒤섞여 있는 질곡의 긴 세월을 배우자와 함께 살아내기 위해선 이보다 한 단계 고급화되고 안정화된 진정한 감정이입 능력이 필요하다.

부부는 갈등을 풀어가며 공동 결정을 내리고 공동 책임을 지는 특수 관계다. 그 과정, 만만치 않다. 이때 서로에게 감정을 이입하면서 너그러운 태도를 갖는 것이 그 무엇보다 중요하다. 그렇지 않으면 부부는 서로를 점차 이해할 수 없게 되고 두 마음 사이에 장벽이 생겨난다. 고집스레 내 주장만 하면서 "내가 더 힘들다, 네가 뭐가 힘드냐"며 '고통견주기'도 서슴지 않게 된다. 상대가 고통을 호소해도 계속 공격을 가하게 되는 건 순식간이다. 너나 할 것 없이 마음에 상처가 깊어지고 결국 정서적으로 멀어지게 된다. 마음의 문을 닫을 수도 있다. 배우자에게 감정을 이입하면서 너그러이 바라보면 상대의 결점, 실수, 한계 등도 비판하지 않고 편안히 견딜 수 있게 된다. 상대방의 '심정'을 알기 때문이다. 싸움거리가 확연히 줄어드는 건 당연하다. 사랑하는 커플은 싸워도, 감정이입이 원활하게 이루어지는 커플은 잘 싸우지 않는다. 상대방을 아프게 하지 않겠다는 간절한 마음이 있기 때문이다. 진정한 인간존중이란 이런 것이다.

89
지루함을 견디는 능력

성숙해지면 보다 낮은 의식수준일 때는
지루해 보일 수 있는 평화와 정적을 사랑하게 된다.
생각하고 관조할 수 있는 평온한 시기 역시 선호한다.
지루함을 성숙히 견뎌내면 이와 같은 '한 단계 상위상태'가 발생한다.

— 데이비드 R. 호킨스

결혼생활이 지속되면 어느 순간 슬며시 권태기가 찾아오게 된다. 결혼생활과 삶이 지루해지고 별다른 재미도 없으며 새로울 것도 없는 공허함이 드는 상태, 권태기. 이때 우리는 '사랑이 식었다, 배우자가 변했다, 또는 결혼 잘못 했다'와 같은 불평이 증가하게 되고 배우자를 불만스러워하거나 대놓고 비난하는 마음이 생겨나기도 한다. 그러면서 가정 밖에서 다른 즐거운 활동, 자극적인 상황을 찾아나서고자 하는 충동이 싹트기도 한다. 쇼핑, 성형, 여행, 유흥 혹은 자녀교육 등……. 뭔가 정신을 확 빼앗는 활동을 탐닉하며 지루함을 한 방에 날려버리려 시도한다. 인간이란 힘겨운 가난과 궁핍, 사랑의 쟁

취 등에서 어느 정도 벗어나면 숙명적으로 지루함과 공허함을 만나게 될 수밖에 없다. 이때가 중요하다. 지루함을 날려버리기 위해 불나방처럼 눈에 불을 켤 것이냐, 의젓하게 지루함을 다스리고 활용할 것인가의 갈림길에 서게 되는 것이다.

지루함과 공허함이 느껴질 때 무엇인가 새로운 것에 중독된다든지, 섣부르게 사랑이 식었다고 해석하거나 배우자를 문제시하는 부부들이 많다. 혹은 의미 없는 자극과 재미를 좇으며 욕망을 채우거나, 부부가 처해 있는 스트레스 상황을 회피해 버리는 모습도 나타날 수 있다. 우리는 이 모두를 경계해야 한다. 인간인 이상 지루함과 공허함을 완벽하게 떨칠 수 없음을 받아들여야 한다. 지루함과 공허함이 밀려들 때, 권태감이 찾아왔을 때가 바로 도약의 시기일 수 있다. 이 시기를 통해 내면세계를 쇄신하고 자신을 혁신하는, 한층 성장할 수 있는 진화의 시기로 삼으려는 적극적 자세가 있다면 삶은 그 자체로 신세계가 된다. 부부는 지루함을 잘 감당하고 견디며 그 속에서 휴식하는 동시에 새로이 즐거운 삶을 누리는 법을 터득하는 지혜를 추구해 나가야 한다. 그렇게 앞을 향해 담대히 나아가는 것이 삶과 자신에 대한 예의다. 진정한 삶의 의미다.

90
집착을 놓아라

부부는 사랑을 기반으로 출발한 애착관계이고 짝이 되어 상대방과 무엇인가를 주고받는 관계이므로 자칫 서로에게 집착하게 되기 쉽다. 꼭 '그 사람'에게 내가 원하는 '그 방식'대로 사랑받고 싶은 욕구가 지나치게 높은 것, 상대방을 자신이 원하는 모습대로 통제하려 하는 것, 상대방과 관련된 모든 정보를 알고 싶어하는 것, 제3자들을 이용해서 상대에게 압박을 가하는 것, 그리고 이런 것들이 좌절되었을 때 상대방에게 원망과 적대감을 품고 분노를 쏟아내는 것이 집착이다. 배우자에게 이런 마음이 생기면 결혼생활은 고통스러워진다. 상대를 점령하겠다, 소유하겠다, 승리하겠다는 '나르시시즘'이 집착을 가속화시키는데, 그 이면에는 나 자신에 대한 깊은 불안정감이 도사리고 있다.

어떤 특정인에게 사랑받고 싶은 욕구를 놓아버릴 수 있다면 삶은 그만큼 다채롭고 풍요로워질 수 있다. 그렇게 되면 다른 사람들과 한 단계 높은 차원의 사랑인 '보편적 사랑'을 주고받을 수 있게 된다. 보편적 사랑이란 배우자의 특별한 사랑만 고집하는 것이 아니라 다양한 사람, 다양한 계층, 다양한 대상과 다양한 방식으로 주고받는 사랑, 신념에 대한 사랑, 헌신하는 자세를 일컫는다. 집착을 놓아버리면 특정한 대상에게 집착하기 이전에 가졌던 열린 마음이 다시 돌아오는 것을 경험할 수 있다. 더 이상 배우자의 사랑에만 의지하지 말고 사랑과 지지의 또 다른 원천을 향해 마음을 열자. 그렇게 열린 마음을 가져야 결혼생활도 행복하게 꾸려가는 것은 두말할 나위가 없다.

91

홀로 있을 수 있는 능력
고독을 받아들이는 능력

인간은 사회에서 사물을 배울 수 있다.

그러나 영감을 받는 것은 고독에서만 가능하다.

— 괴테

홀로 있을 수 있는 능력은 영국의 위대한 정신분석가이자 소아과 의사인 도널드 위니캇(Donald Winnicott)이 설파한 개념으로, 홀로 있으면서 고요한 시간을 즐기고 누릴 수 있는 정서적 안정감을 가리키는 개념이다. 이는 홀로 있어도 허기지지 않고 공허하지 않은, 목마른 갈망이 없는 평안한 상태, 타인 없이도 마음의 고요와 평정을 누릴 수 있고 마음에 떠오르는 그 어떤 감정도 있는 그대로 수용할 수 있는 능력을 말한다. 또 물리적으로 타인과 함께 있는 시간이라 하더라도 홀로 있음의 존재감을 잃지 않을 수 있는 능력, 타인이 침묵하고 있을 때에도 상대방을 불필요하게 자극하고 침입하지 않을 수 있는 힘을 말한다. 우리는 홀로 있을 수 없기 때문에 계속해서 사람을 만나고 쇼핑하고 텔레비전을 보고 음악을 듣고 다른 사람을 간섭하거나 험담하는 행동을 하는 것이다. 심지어 중독에 빠지기도 한다. 반면 고독이란 홀로 있음을 성숙하게 견디면서 관조하고 즐기는 자가 누릴 수 있는 성숙한 정서다. 인간의 조건인 절대고독을 마다하지 않는 것, 홀로 있으면서도 모든 것과 연결되어 있는 상태. 이렇게 절대고독을 받아들이며 의젓하게 자신의 마음을 다스릴 수 있는 능력을 지닌 사람이 좋은 배우자가 될 수 있다.

92

문제와 불완전함을 인정할 수 있는 능력

결혼, 어떠한 나침반도 결코 항로를 발견한 적이 없는 항해.

— 하이네

클리닉에 오는 부부들 중 상당수 부부가 **자신의 결혼생활에 문제가 있다는 것을 인정하지** 못한다. 나도 부족하고 배우자도 불완전한 인간이며 자신의 결혼생활이 생각과 다르게 초라하다는 아픈 진실을 받아들이지 못한다. 그저 "별 일 아니야, 사소한 일이야. 나아질 거야…… 다 그런 거지" 하며 문제 상황을 축소하거나 부인하며 대응한다. 혹은 배우자를 비난하거나 무시하고 몰아세우기도 한다. 결혼생활의 실망과 갈등을 단순히 배우자 탓으로 돌려버림으로써 '실망스러운 현실과 삶'을 회피하고 그 죄를 배우자에게 모두 뒤집어씌우는 자기중심적 합리화에 매몰되는 것이다. 문제 상황에 직면하지 않고 배우자에게 '네 잘못이다, 네가 변화하라'고 강요하며 허송세월하는 동안 문제 상황은 그대로 방치된다.

문제가 없다고 행복한 것은 아니다

대인관계에서의 문제는 지극히 정상적인 것이다. 그것을 편안하게 인정하고 개선하면 된다. 방치할수록 해결은 점점 더 힘겨워진다. 뭔가 문제가 느껴지면 곧바로 인정하고 개선의 노력을 기울이는 게 성숙한 삶의 태도다. 그렇다면 좀 더 구체적으로 어떻게 해야 할까?

적극적으로 부딪쳐라

부부관계의 성공은 문제를 인정하고 그 문제에 정면으로 부딪치는 능력에 달려 있다. 잘 살아가는 부부들을 보면 그들은 문제가 발생했을 때 그 상황을 있는 그대로 인정하며 용기 있게 직접 부딪치는 특성을 지니고 있다. 특히 '신속하게, 적극적으로' 부딪치고 돌파한다. 그들은 문제 상황이 저절로 달라지기를 기다리지 않는다. 문제가 눈덩이처럼 커지고 독성이 강해져서 문제가 스스로 굴러와 나를 먼저 치기 전에, 적극적 진화 조치를 취한다. '썩은 이'를 방치하지 않는 것과 마찬가지다. 저절로 가라앉는 염증인지 악화되는 염증인지 잘 판단하여 손을 써야 한다. 인정하라. 부딪쳐라. 할 수 있는 만큼 해결하라. 최선을 다하여 수습하면 그걸로 족하다. 인생은 수습의 예술이다.

93
영혼에 위로가 되는 쾌락

이 세상 어떤 제도도 완벽한 것은 없다. 감정이 크게 개입될 수밖에 없는 결혼이라는 제도는 그중에서도 특히 난해하다. 부부는 결혼제도의 준칙 속에서 즐거워야 하고, 진지해야 하며, 함께 성장해 나가야 한다. 동시에 개인의 자유를 억누를 수밖에 없는 '억압의 고통'도 견뎌내야 한다. 난코스다. 문제는 '즐거움'보다 '억압의 고통'이 클 때 발생한다. 억눌림을 일소해 줄 자극적 쾌락을 찾아 외부로 뛰쳐나가는 것이다. 쾌락추구 자체는 문제가 아니지만 어떤 쾌락을 추구하는가는 중요하다. 자극적 쾌락은 그것이 끝나는 순간 오히려 불안과 허기감을 발생시키고 공허함을 증폭시킬 뿐이다. 안정적인 행복, 깊은 충족감을 주지 못한다. 되레 신경을 혹사시키고 소중한 관계를 멍들일 뿐이다.

결혼이라는 제도에 들어왔다면 이제는 그 틀 안에서 양심적인 쾌락, 영혼에 위로가 되는 쾌락, 잔잔하지만 충분히 기쁜 쾌락을 개발하고 추구하자. 결혼생활은 창조적인 '종합예술'이기에, 이것은 충분히 가능한 일이다.

94
가장 고급스러운 결혼

가장 고급스러운 결혼은 심리적인 성장을 극대화하는 결혼이다. 아내, 남편, 아이들 서로가 선한 영향력을 주고받으면서 함께 비슷한 속도로, 긍정적으로 진화하는 결혼생활을 말한다. 갈등과 실망, 좌절과 실패가 반복되어도 함께 복구되고 재건되면서 서로를 되찾는 관계, 공동성장이라는 아름다움을 이루어내는 결혼. '마음과 인격의 진화'를 추구하는 결혼. 이것이 인간이 누릴 수 있는 가장 고급스러운 결혼이다. 남편의 사회적 성공보다, 자녀들의 학업적 성취보다, 가정경제의 풍요로움보다 더 중요한 것은 가족 구성원 모두가 온전히 연결되어 서로가 서로에게 기댈 수 있고 신뢰할 수 있는 성장공동체를 이루어나가는 것이다. 심리적인 풍요로움은 그 무엇으로도 대신할 수 없다.

심리적 성장을 극대화하는 결혼을 이루어내려면 우선 스스로를 들여다보는 자기성찰의 시간이 필수적이다. 마음과 관계를 탄탄히 성장시키기 위해서는 마음을 가꾸는 데 온전히 초점을 맞춘 실제 시간과 정성, 행위가 수반되어야 한다. 동시에 배우자와 자녀의 심리적 성장에 관심을 기울이고 그들의 삶에 적극적으로 참여하며 상부상조하는 열린 마음이 합쳐질 때, 가족의 심리적 성장이라는 꽃이 피어난다. 수많은 심리학자들이 강조하듯, 결혼을 포함한 모든 관계의 목표는 생명력 넘치는 자기창조다. 부부가 생명력 넘치는 자기창조를 향해 온전히 힘을 합칠 때 가족 모두의 심리적 성장은 극대화되며 더 나아가 가까운 사람들도 행복하게 만들 수 있는 선한 영향력을 발휘할 수 있게 되는 것이다.

95
결말과 과정

나이가 들수록 결말보다는 과정이 더 소중하게 여겨진다. 결말에 집착하면 강박증을 벗어날 수 없고 욕망의 노예가 되기 쉽다. 과정 속에 숨어 있는 배움과 즐김의 기회, '내'가 '나'와 노는 시간, 정취를 놓치게 되기 십상이다. 하지만 과정을 소중히 여기며 섬세하게 최선을 다해 몰입하면 그 어떤 결말도 폭넓게 수용할 수 있는 마음가짐이 된다. 과정이 충분히 아름다웠기 때문이다.

물론 나 또한 좋은 결말을 중시하는 사람 중 하나다. 하지만 평생 결말 위주로, 그밖의 것들을 모조리 희생하며 살아갈 수만은 없는 것이다. 삶에는 결과 이외에도 '과정'이라는 커다란 즐거움이 있다는 걸 우리는 너무 나중에 알게 되곤 한다. 특히 일 중독 남편, 아버지들이 그렇다. 그들은 직업상의 성공과 승리, 타인의 인정이라는 멋진 결말을 위해 가족과 사랑이라는 삶의 과정을 놓치곤 한다. 그리고 뒤늦게서야 자신이 놓쳐버린 것들과 맞닥뜨리게 된다. 내가 생각한 '그 결말'이 자신을 포함하여 가족과 소중한 이들에게 꼭 행복과 충만감을 가져다준 것은 아니라는 사실 말이다.

'한 가지 결말'만큼 위험하고 허망한 것은 없다. 좋은 결말을 노리는 자보다는 과정을 즐기는 자에게 좋은 결말이 다가오는 삶의 진실. 삶은 이루어내는 것이라기보다는 살아가는 자체이기 때문에 더욱 그런 것 같다. 가까운 사람들과 함께 '살아가는 것' 말이다.

96

가까운 사람들과 편하게 지내는 법 1
— 신뢰의 조절

타인에게 신뢰를 보내는 것은 아름다운 일인 동시에 인간의 생존과 관련되어 있다. 그러나 처음부터 아무나 무조건적으로 믿어버리는 것은 어른으로서 너무 순진한 발상이며, 건강한 자기보호를 포기한 행위라 할 수 있다. 이런 사람들이 대개 갈등상황이 터지면 "나는 피해자, 너는 가해자"라고 사태를 규정하며 자신의 심적 상처를 극대화시킨다. 신뢰가 안정적으로 보장되는 상황에서는 타인을 믿을 수 있다. 반면 신뢰가 보장되기 어려운 상황에서는 자신의 신뢰를 보류하며 관망할 수 있는 것을 신뢰의 조절이라고 한다. '내 신뢰'에 대해 스스로 책임감을 갖고 두 상황을 변별하는 법을 터득해야 한다. 이것은 자신의 실존에 대한 책임이며, 타인과 함께 공존하기 위해 반드시 필요한 심리적 지혜다.

97
가까운 사람들과 편하게 지내는 법 2
— 귀 기울여 듣기

"엄마, 닭이 먼저예요, 달걀이 먼저예요?" 아이의 물음에 웃음이 나왔다. "네 생각은 어때?" "제 생각에는 닭이 먼저인 것 같아요. 하나님이 세상을 만드실 때 아기, 알, 그런 걸 만드신 게 아니라, 어른을 먼저 만들었잖아요, 무엇이든. 그래서 닭이 먼저인 거 같아요." "그래. 네 말 들으니 그렇네. 그런데 그게 왜 궁금해?" "친구들이 닭이 먼저인지 달걀이 먼저인지 하는 문제로 싸워서요. 아이들이 안 싸우게 제가 설명을 좀 해줄까 하구요." "그렇구나. 우리 딸이랑 이런 이야기하니까 참 재미있다." "네, 저두요. 엄마는 제 이야기를 참 잘 들어주시는 것 같아요. 그래서 고마워요. 가정시간에 배운 '좋은 친구 되기' 방법 7번이 바로 경청이거든요."

내 딸은 부족함 많은 나를 이렇게 좋은 엄마로 만들어준다. 엄마와의 대화를 즐거워하고 엄마의 좋은 점을 부각시켜주며 엄마에게 자연스런 칭찬을 아끼지 않는다. 아이들이 원하는 건 정확한 지식, 이론, 옳고 그름, 논리가 아니다. 대화 그 자체다. 아이가 그 시점에 그렇게 생각하는 건 나름대로의 이유가 있기 때문에 그것에 대해 편안하게 이야기하면 그걸로 족하다. 말하고 듣고 이해하고 경청하는 그 아름다운 과정이 아이의 정서를 풍요롭게 일구어준다. 그런 풍요로운 정서에서 세상에 대한 건강한 판단력은 스스로 키워지는 것이다. 이것은 어른과 어른 사이에서도 마찬가지 이치다.

98
가까운 사람들과 편하게 지내는 법 3
— 관계의 숙명적 공백 인정하기

> 사람은 각자 그 본질을 남에게 전할 수 없는
> 깊은 내면생활이 있다.
> 때로는 그것을 사람들에게 전하고 싶어지지만,
> 곧 그것을 다른 사람에게 완전히 전하는 것은
> 불가능하다는 것을 느낀다.
>
> — 톨스토이

사람과 사람이 만나 마음을 보여주고 나누는 일은 어찌 보면 세상에서 가장 애매모호하고 어려운 일이다. 그 애매모호함으로 인해 우리는 너나 할 것 없이 추측, 오해, 왜곡, 갈등, 반목 속에서 아파한다. 마음이란 게 그렇다. 눈에 보이지 않고 만질 수도 없다. 내 마음을 나 스스로도 정확히 알 수 없고 나의 마음을 상대방에게 전하는 것 또한 생각보다 훨씬 더 어려운 일이다. 불가피하게 빈번히 실패할 수밖에 없다. 상대방도, 그의 입장에서 타인인 나의 마음을 이해하고 공감하는 것이 매우 어려울 수 있다는 것을 우리는 받아들여야 한다. '어쩔 수 없는 공감 실패'는 인간의 숙명이기도 하다. 그래도 우리는 타인에게 다가간다. 아프지만 서로 어루만진다. 교감이 이루어지지 않는 불가피한 부분이 있다는 것에 공감하며 서로를 위로한다. 너와 나 사이의 숙명적 공백. 인간인 이상 공감실패와 마음불일치는 일어날 수밖에 없는 일이다. 그 공백을 채울 수 있는 유일한 에너지, 바로 사랑이다.

99
가까운 사람들과 편하게 지내는 법 4
— 침묵하기

굳이 말하지 않는 것이 나을 때가 있다. 더 이상은 고민하지 않는 것이 좋을 때가 있다. 그저 묵묵히 가만히 있는 것이 현명할 때가 많다. 그래서 명료하고 섬세하며 단정한 관찰력, 판단력이 필요하다. 특히 가까운 사람과의 관계에서 더욱 그러하다. 관계라는 것은 고정된 실체가 아니고, 내가 원하는 대로 통제하고 몰고나간다고 하여 그렇게 진행되는 것도 아니기 때문이다. 더욱이 인간이 뱉어내는 말잔치는 마음을 불쾌하게 만들 수 있을 뿐만 아니라 지울 수 없는 상처도 남기기 때문이다. 삶과 관계의 큰 흐름은 우리 눈에 완벽히 보이지 않는다. 딱히 고정되어 있는 것도 아니다. 그저 부족한 인간, 욕망 덩어리 인간의 눈으로 조심히 더듬어 그릴 수 있을 뿐이다. 특히 관계의 대세는 두 사람의 마음과 우정, 애정으로 스스로 무르익는 법이다.

100
가까운 사람들과 편하게 지내는 법 5
— 거절하기

이 세상을 자유롭고 참되게 살아가기 위한 생존전략 중 하나가 거절하는 기술이다. 담대히, 있는 그대로, 단호히 그러나 부드럽게 거절하기. 거절하기 또한 분명한 의사표현의 방법일 뿐이다. 중요한 것은 명확하고 타당한 이유를 전달하면서 거절하는 것인데, 너무 길게 말하지 않도록 주의할 필요가 있다. 거절하기는 '자아경계(ego boundary)'에 관한 책임이며, 이는 자신의 역량에 대한 정확한 자각에서 비롯된다. '어디부터가 나이고 어디까지가 나인가. 내 역량은 어디부터 어디까지인가.' 자신이 들어줄 수 있고 잘할 수 있는 부탁이면 최선을 다해 들어주고. 그렇지 않을 경우 정중히 거절하면 된다. 그것으로 족하다. 더불어, 타인의 거절도 열린 마음으로 수용하는 성숙함이 필요하다. '내가 나답게' 참자유를 누리는 건강한 생존을 위해 우리는 적당하고 적절히 거절할 줄 알아야 한다. 가까운 관계일수록 더욱 그러하다.

101
가까운 사람들과 편하게 지내는 법 6
― 휴식하기

> 좋은 관계는 노력을 요하기도 하지만 휴식 또한 필요하다.
> 오로지 노력뿐이어서는 곤란하다. 두 가지가 똑같이 중요하다.
>
> ― 존 그레이

나이가 들어가면서 중요한 것은 **균형**이라는 걸 깊이 깨닫게 된다. 혼자 있는 시간과 함께 있는 시간의 균형, 말하는 시간과 침묵하는 시간의 균형, 타인과의 시간과 혼자 있는 시간의 균형, 활동하는 시간과 활동하지 않는 시간의 균형. 이런 균형은 자신을 확장하는 동시에 보호하는 길이다.

관계에서도 마찬가지다. 노력과 휴식의 균형, 그 황금비율을 감지하는 것이 필요하다. 지나치게 노력하는 것이 사랑은 아니기 때문이다. 사랑이 기쁜 자기창조가 아닌 노동이 되어서는 안 된다. 상대를 만족시키기 위한 과도한 노력, 고된 노동이 초과용량으로 누적되면 그 관계에는 '분노와 원망감이 뒤엉킨 한'과 '치열함', '상대에 대한 신랄한 평가'만이 남는다. 좋은 관계에는 정취가 깃들기 마련이다. 노력만으로 정취는 깃들 수 없다. 적절히 노력하고 또 적절히 휴식하라. 배우자에게 적당히 기대고 또 배우자를 적당히 놓아주라. 적절함과 적당함 속에 정취가 깃든다.

지은이 **김선희**

임상심리전문가(Licensed Clinical Psychologist)이자 김선희부부클리닉 대표. 올해로 심리학에 몸담은 지 20년, 부부상담에 몸담은 지 10년이 되는 그녀는 오늘도 심리학의 즐거움에 푹 빠져있다. 연세대학교 학사, 석사를 거쳐 동대학원 박사과정을 수료하였다. 아산재단 서울중앙병원과 연세대 의과대학 신촌세브란스병원 정신과 임상심리학자, 연세대 학생상담소 카운슬러 및 수련감독자, '부부클리닉 후' 수석부부치료자로 근무하였으며 모교인 연세대학교에서 7년간 강단에 서기도 하였다. 한국임상심리학회 산하 부부치료연구회 회장을 2년간 역임한 김선희는 정통심리학, 행동과학이론에 기반한 과학적 부부상담은 물론 지금까지 4,000여 쌍에 다다르는 부부들을 진단, 분석, 치료한 풍부한 임상경력을 가지고 있어 심리학이론과 임상경력을 겸비한 부부전문가로 이미 정평이 나있다. 삼성전자, 대림산업, 교보문고 등 기업 강의를 비롯해 KBS 〈아침마당〉〈여유만만−부부클리닉〉, SBS 〈미워도 다시 한 번〉〈터닝 포인트〉〈아름다운 이 아침 김창완입니다〉, MBC 〈생방송 오늘 아침〉 등에 출연하여 부부와 가족문제를 상담해왔으며, 〈동아일보〉〈한겨레신문〉〈코스모폴리탄〉 등의 매체를 통해서도 활발한 기고활동을 펼쳐왔다. 건강한 부부가 행복한 자녀, 행복한 가정과 사회를 꽃피우는 원천이라는 신념 아래, 갈등과 고통을 겪고 있는 부부들의 관계회복, 상한 마음의 치유, 정신건강의 재건을 소망하며 오늘도 많은 부부들을 만나고 있다.

김선희부부클리닉 www.time2say.com

가까운 사람들과 편하게 지내는 법

초판 1쇄 발행 2011년 12월 12일
초판 7쇄 발행 2013년 1월 3일

지은이 | 김선희
펴낸이 | 한 순 이희섭
펴낸곳 | 나무생각
편집 | 김소라
디자인 | 이은아
마케팅 | 이재석
출판등록 | 1998년 4월 14일 제13-529호
주소 | 서울특별시 마포구 서교동 475-39 1F
전화 | 02)334-3339, 3308, 3361
팩스 | 02)334-3318
이메일 | tree3339@hanmail.net
홈페이지 | www.namubook.co.kr
트위터 ID | @namubook

ISBN 978-89-5937-262-1 03810